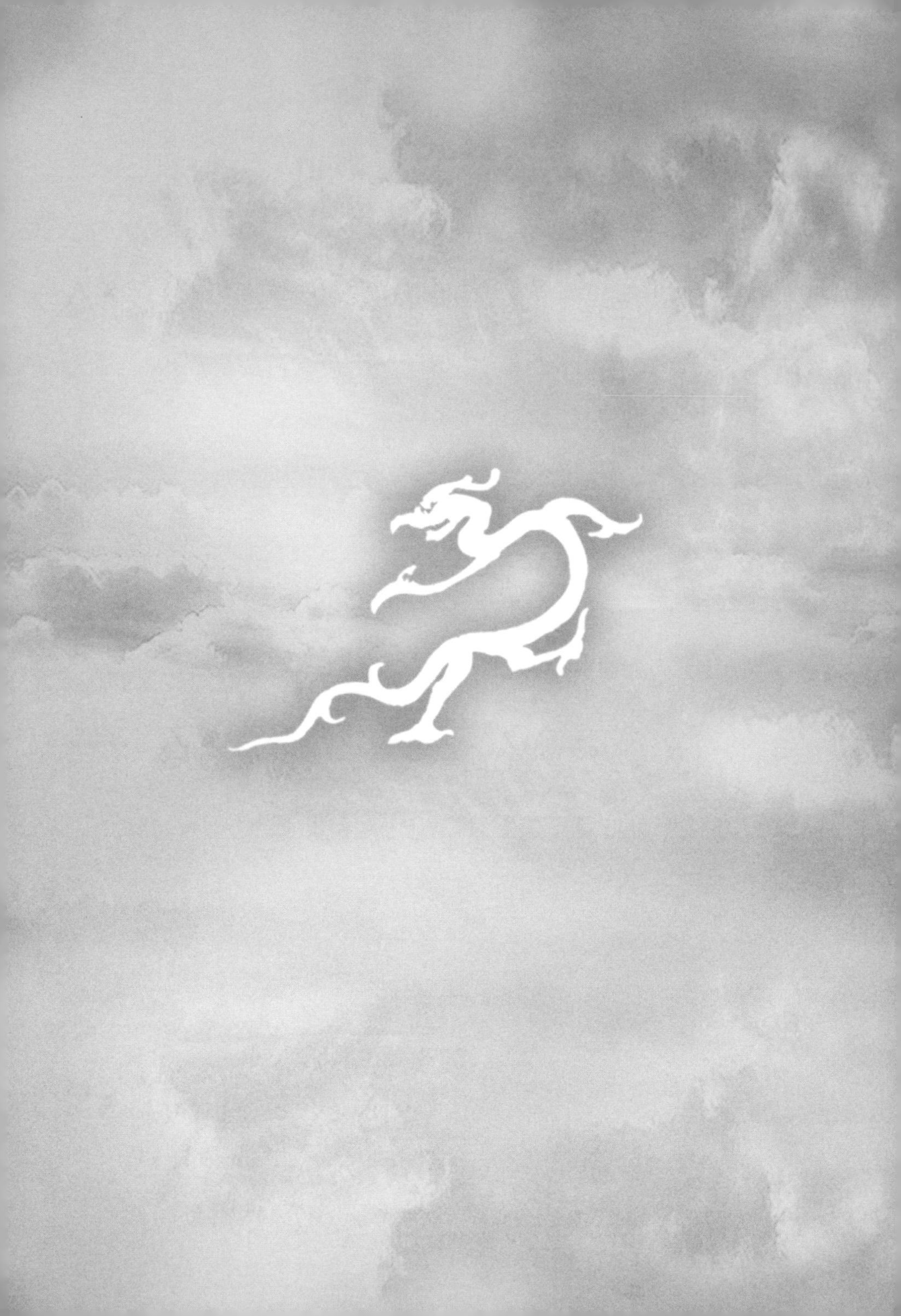

有華人的地方就有

龍人的作品

戰神之路

卷3 天脈傳說

龍人作品集

CONTENTS

內容簡介

他能列位全球第一殺手，這只因他擁有一身奇特的絕技。

但他為了追求真愛，而進入了另一個陌生的國度——幻魔大陸。

在這擁有人、神、魔的幻魔大陸國度裡，他才知道自己的力量是多麼的渺小，但不知是宿命的安排，還是天地對他的憐惜，超越自然的能力與毀滅空間的魔法竟不能置他於死地。無數次的征戰中，他卻發現了自己的體內竟孕含著蒼天萬物之靈——天脈！他才知道他原本屬於這裡，於是——

他成了遊盪大陸的落魄劍士！

他成了一個強大帝國的未來君主！

他成了控制黑暗力量魔族的聖主！

他成了大陸萬族美女心目中的英雄！

他成了三界強者眼中不可擊敗的神！

但在擁有數種身分與無數情人的他，卻發現幻魔大陸出現了另一個強大的自己。

是什麼力量能複製幻魔大陸人、神、魔三界第一強者的身體？

會有誰擁有控制人、神、魔三界的能力？

他為了擺脫命運的安排，無奈之下踏入了挑戰自己的路！

第一章　交換身分

朝陽離那擄走褒姒與月戰的人愈來愈近，顯然，那人負著褒姒與月戰，速度不可能有朝陽快。

長長的街道很黑，沒有一個人。

奇怪的是，離那人愈近，朝陽愈有種奇怪的感覺，彷彿他追趕的人是自己，剛才那萬千樹葉也好像是他所爲。

他不知爲何會有這種奇怪的感覺，但此時卻不及細想。

就在朝陽追近那人時，那人卻突然改變了方向，朝一條巷道奔去。

朝陽緊隨而至。

突然，那人停了下來，並回過頭來，原來是經過改頭換面的影子。

朝陽也不由得停了下來，他心中又有些奇怪，雖然此人面孔陌生，卻有種熟悉的感覺。而且，他發現自己是與對方同時停下來的，也就是說，對方的大腦發出「停」的指令時，自己與對方的身體就同時停了下來。

那人對著朝陽一笑，道：「想要人麼？」

「是。」朝陽毫不猶豫地應道，接著又道：「你是誰？」

「想知道我是誰麼？問你自己好了。」那人道。

「問我自己？」朝陽不解。

而在此時那人運動念力，面目又恢復了最初的模樣。

朝陽心神大震，因爲他看到了一個一模一樣的自己。那人突然閃電般地出手，攻向朝陽。

朝陽心神一怔，感到自己正攻向自己……

影子帶著昏迷不醒的褒姒回到了三皇子府。

沒人能看得出影子的變化。

莫西多看了一眼褒姒，復又望向影子，道：「月戰呢？」

影子道：「你要我帶回的只是褒姒公主。」

莫西多一聲冷笑，道：「皇兄的性格還是這般硬冷，那你可知那人是誰？」

影子道：「我並不認識他，我看到的只是一張陌生的面孔。」

「你在騙我！」莫西多利目逼視著影子的眼睛。

影子心中一陣冷笑，這等伎倆根本就不能奈他何。他道：「既然你以爲我在騙你，那我就在騙你好了。我無須向你解釋什麼，也沒有必要向你作任何解釋，我所要做的只是將褒姒公主帶回。」

莫西多冷哼道：「一個人若太自以爲是了，是不會有什麼好下場的。別忘了，你現在只是替我辦事的一條狗！」

影子道：「狗也有權選擇什麼時候叫，什麼時候不叫，並不一定時時刻刻都要搖尾乞憐！」

莫西多知道從嘴上根本就占不到什麼便宜，再問下去也是白問，只得強忍下這口怒氣，然後道：「靈空不是緊隨之後麼？怎麼不見他與你一起回來？」

影子道：「我並沒有與他一起尋找，所以他的下落我並不知曉。」

「那你又是怎麼找到褒姒的？」莫西多問道。

影子在回來之前早已想好了應對策略，道：「當我在追趕那救走褒姒公主之人的時候，他突然在我眼前消失了，我還以爲有人接應，已經逃脫，當我仔細回頭尋找的時候，卻在一座破舊廢棄的老宅裡找到了那人。」

「於是你們戰了起來？」莫西多道。

「是的。」

「你贏了？」

「我只知道我應該帶回褒姒公主，並沒有與他糾纏下去。」影子道。

莫西多無法肯定影子所說的到底有多少是真話，他沒有再問下去，只是走近褒姒，蹲下身子，將褒姒寧死都不肯放開的左手掰開，取出了裝著紫晶之心的錦盒。

莫西多望著錦盒道：「我想你是沒有看過這顆紫晶之心的。」

影子沒有出聲。

莫西多轉而望向影子，道：「你知道褒姒盜取這顆紫晶之心是爲了誰嗎？」

影子道：「我想不至於是爲了我吧？」

莫西多又回望著錦盒，淡淡地道：「你說的沒錯，褒姒之所以答應嫁於我，其目的就是爲了得到紫晶之心。然後，她便會成爲你的妻子，聖魔大帝轉世之身的妻子。而你就是擁有天脈的聖魔大帝轉世之身！」

影子心中聽得一驚，他早已料到莫西多知道他體內藏有天脈之事，卻沒想到褒姒用心良苦，不畏涉險捨身，竟然是爲了他。但影子的臉看上去依然很平靜，他淡淡地道：「你不是在開玩笑吧？你的話只讓我覺得是在聽一個美好的童話故事。」

莫西多淡淡一笑，道：「是否童話故事，你自己心裡應該很清楚。也許，我真的只是說說玩玩而已。」

「既然如此，那我就當作沒有聽到你剛才所說的這些話。我從不習慣被人強抓硬扯地與女人聯繫在一起！」影子冷冷地道。

確實，因爲他體內所謂的天脈，已經有太多莫名其妙的事情發生在他身上，他實在不願意因爲莫西多的這些話，又將褒姒牽扯到自己身上來。

莫西多似乎明白影子心裡所想，道：「有些事情來了，躲是躲不掉的。只是，我想告訴你，無論是你，還是在你身上發生的任何事，都無法逃脫出我的視線！」

影子冷冷一笑道：「我現在不是正受你控制麼？你似乎總是在提防著我，這只讓我看到不自信的你！」

莫西多頓時感到被影子搧了一記耳光，的確，每每在面對影子的時候，他的心裡是缺乏自信的。他總是用言語強調著影子被自己控制，提醒著影子的處境，其實，他的內心深處總是隱隱擔心著什麼。

影子又道：「如果你沒有什麼事的話，我還是先行退下，不耽誤你的時間。」

這時，靈空兩手空空地趕了回來，他的雙眼含著無處發洩的憤怒之火，剛好與轉身欲走的影子撞個滿懷。

影子是故意撞靈空的，他冷嘲熱諷道：「靈空先生似乎什麼事情都風風火火，難道是掉了什麼東西，而在急於尋找麼？」

靈空當然看出影子是故意撞他，本欲發作，但看到失去知覺的褒姒，轉而厲目逼視著影子，道：「你找到了他們？」

影子一笑，道：「靈空先生不是已經看到了麼？」

「那麼他呢？」靈空急忙問道。

「你說的是那個殺死易星先生之人吧？」影子不疾不徐地道。

「對，就是他！」靈空應道，也顧不得影子話中帶著的諷刺之意。

影子又是一笑，道：「靈空先生不是自視甚高麼？何來問我這一末流晚輩？」

說完，繞過靈空，灑脫離去。

靈空何曾受過這等侮辱？加上同伴易星被殺無處報仇，胸中壓抑的怒火頃刻間如火山般爆發出來，他的手猛地探出，空氣頓時發出無數「劈啪……」的爆炸之聲。

一股魔異化的力量頓使整個虛空中的因子發生質化的裂變，而被質化裂變的因子竟然產生了一種有異於自然界平時所存在的力量。這種力量並非由靈空將出之手直接產生，而是由於他手的魔異化力量使空氣產生力量，間接攻向影子。這種攻擊的可怕之處就在於是空氣在對影子發動攻擊，而並非施功的人。

影子全身每一處肌膚都置身於「空氣」的攻擊之中，無跡可尋。影子心中頓時產生一種束手無策的悲哀，沒有方向感。

這，就是靈空爲何被稱爲魔異化人的真正意義所在。

「砰砰砰……」無以計數的、充滿毀滅性力量的拳頭擊在了影子身上。影子重重地跌在了地上，以他爲中心方圓三丈內的青石地板悉數碎裂。

硝煙彌漫，亂石飛濺。

靈空冷哼一聲，道：「如此不濟，竟敢在老夫面前出言不遜！」

莫西多也頗感詫異，在他的想像中，面對魔異化力量的攻擊，影子的修爲也不至於連還手的機會都沒有。

片刻，硝煙散盡，影子卻以手撐地，踉踉蹌蹌地站了起來。他拭去嘴角溢出的血絲，面對著靈空冷冷一笑，道：「剛才靈空先生總共擊出了一百二十八拳，拳拳致命，而我卻沒有死，是不是令靈空先生很失望？」說完，頭也不回地離去了。

第二章　贏得先機

靈空心中感到極大的震驚，剛才那一輪攻擊是含憤而發，其破壞力比攻向月戰時整整提升了一倍，而對方卻沒有死，並且可以站立離開。

靈空不由得目瞪口呆，眼看著影子離去，他實在有些無法相信這是事實。

莫西多想的則是影子爲何故意逼靈空出手，而且沒有還手？他想了各種解釋，卻找不到一個可以讓自己相信的答案。

影子故意逼靈空出手是爲了完全瞭解靈空所擁有的實力，更爲了震懾靈空。

誠然，靈空的修爲要比影子高出一籌，影子既然想從莫西多這裡得到自己想知道的東西，自然免不了要與靈空發生衝突，故而，他必須先在靈空心裡種下不可揣測的一種感覺，爲今後兩人之間所不可避免發生的衝突贏得一種心理上的先機。

而事實上，影子剛才確實不能夠完全抵禦靈空那充滿魔異化的攻擊，但他腦海中所呈現出來的應對策略，則可以保證他的心脈不受損，這得益於魔族聖主傳給他足以傲視天下的武技魔法，但他確實還是受了重創。

不過，更爲重要的是，在受到靈空攻擊的一剎那，他有一種要讓自己受傷的衝動，這種「受傷」是給一個人看的，給莫西多看的……

艾娜剛剛睡醒，從床上爬起來，卻聽見有人通報說，有一個自稱是宇宙無敵、天下無雙、幻魔大陸絕有、雲霓古國第一帥哥找她，她當場就嚇得呆了半天，嘴巴怎麼也合不攏來。

她還是第一次聽到有這等稱呼之人，她問自己道：「我認識這樣一個人嗎？」

她在自己的腦海中找了半天，可怎麼也找不到與這個超長名字掛上等號之人。

她問進來通報的弟子道：「小青菜，那個人長得什麼模樣？」

這通報之人確實長得青青瘦瘦，臉色泛青，像根青菜。小青菜驚訝地道：「小姐不認識他？」

艾娜沒好氣地道：「廢話，我要是認識他，爲什麼還問你？怎麼老不喜歡動腦子！」

小青菜知道艾娜是一個有口無心之人，被奚落了一番倒沒生氣，於是就將剛才朝陽的模樣描述了一遍。

艾娜還是沒有從腦袋中找到與小青菜描述相像之人，可心中卻對這個號稱「宇宙無敵、天下無雙、幻魔大陸絕有、雲霓古國第一帥哥」的人感了興趣。她倒要見識一下，有什麼樣的人敢這樣稱呼自己，於是吩咐小青菜下去將這人傳進來。

而艾娜怎麼也不會想到，朝陽正是熟知她的個性，利用其好奇心，才想好了這個超長名字報上來的。艾娜果然「很配合」朝陽預先的設想。

此時的朝陽，已與影子達成共識，影子帶著褒姒回莫西多的住所，僞裝成他，而朝陽自己則帶著重傷的月戰，扮成聖摩特五世爲影子裝扮的模樣前來求助艾娜。兩人本爲一體，自然思想相同，爲了不處處受制於人，兩人決定合作，伺機予以反擊。

朝陽被傳進了客廳，艾娜上上下下打量著他道：「你就是那個什麼『宇宙無敵、天下無雙、幻魔大陸絕有、雲霓古國第一帥哥』？」

「正是。」朝陽應道。

「可我看你的樣子，怎麼也不像什麼『無敵』，什麼『第一』。」艾娜道。

「那是因爲你還沒有看出來而已。」朝陽道。

「沒看出來？」艾娜又上上下下、仔仔細細打量了一番朝陽，還是不敢苟同什麼「第一」，什麼「無敵」。

艾娜又問道：「你是不是覺得我的眼睛有問題？」

朝陽一笑，道：「我想是的。」

「你這是在罵我嗎？」

「我想是你自己在罵自己。」

艾娜一本正經地道：「那我倒想聽聽，你是一個怎麼樣的『宇宙無敵、天下無雙、幻魔大陸絕有、雲霓古國第一的超級帥哥』！」

朝陽終於忍不住哈哈大笑。

艾娜感覺此人有些似曾相識之感，不知不覺放下戒心，望著朝陽道：「你找我有什麼事？」

「有一個人受了傷，我想請你用恢復性魔法幫他治好。」朝陽道。

艾娜歪著腦袋望著朝陽，道：「你怎麼知道我會恢復性魔法？」

朝陽自是不能說出艾娜曾幫他療過傷，他道：「誰都知道魔法神院的艾娜小姐是最具有修煉魔法天分之人，怎會連小小的恢復性魔法都不會？而且相傳艾娜小姐已經有策法師的修爲。」

「真的？」艾娜顯得很天真。

朝陽點了點頭。

艾娜詭異地一笑，道：「我知道你是故意討好我才這樣說的。」

朝陽也不否認地道：「我是在討好你，說的也是實話。」

艾娜想了想，道：「好吧，看在你剛才討好我的份上，我幫你把人治好，不過……」

「不過什麼？」

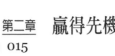

「不過你得陪我玩三天。」淘氣的艾娜得意地道。

「不行，一天。」

「兩天！」

「一天半。」

「成交。」說完，艾娜又顯得有些忿忿，嘟著嘴道：「你這個人真是奇怪，求人家幫忙，卻還要與人家討價還價，真沒誠意。」

朝陽道：「我的話還沒有說完，這陪你玩的一天半，不是現在，而是在你幫我把人治好，且我又有空的情況下。我先把話說在前頭，你可不許反悔。」

「你要賴，我不同意。」艾娜道。

「君子一言，駟馬難追。」影子道。

「我不是君子，我是女人。」

「女人也一樣。」

「女人不是男人，男人才是君子……」

……

最後，在說不過朝陽、理屈詞窮的情況下，艾娜不得不同意朝陽的「無理要求」，但當馬車趕進魔法神院，艾娜看到馬車內的月戰時，不由嚇了一大跳，她還從未見過傷得如此之重，卻還沒有死的人，在佩服月戰生命力之強的同時，這不能不說是一個奇蹟。

艾娜看著月戰，面色凝重地道：「我可沒有把握將他治好，他傷得實在太重了，經脈淤阻，五臟六腑移位，關節脫斷，一不小心，就會死去，換成一般的人只怕早已死了。」

朝陽道：「就是因為他傷的如此之重，我才來找你幫忙，要是傷勢很輕的話，隨便找一個江湖郎中也可以治好，還來求你幹嘛？我不管你用什麼方法，一定得幫我將他醫好。記住，你曾答應過我的！」

艾娜緊皺雙眉，半晌不語，似乎在尋找著對策。

朝陽見她的樣子，知道艾娜確實是遇上了難題。不過，他不會如此就「放過」艾娜，道：「現在我有事先走一步，明天我來向你要人，到時你一定要還一個好人給我。」

說完，朝陽便兀自向魔法神院大門外走去。

艾娜彷彿沒有聽見朝陽的話，只是凝視著月戰……

朝陽剛從魔法神院出來，正欲去天衣府上，卻在路途碰到了一個人——可瑞斯汀。

他的腳步不由得放慢了一些。

可瑞斯汀站在朝陽面前，擋住了他的去路。

他並不想此時讓可瑞斯汀認出自己，低頭繞身而過，卻給可瑞斯汀喊住了。

可瑞斯汀道：「你不用裝著不認識我。」

朝陽不便再作抵賴，只好停下了腳步。

可瑞斯汀不再像往日那般表現得那麼靦腆，道：「我想有些事情需要我們認真地談一談。」

說完，便兀自向前走去。

朝陽站了一下，只好跟著她。

兩人來到了劍士驛館。

可瑞斯汀與朝陽靜靜地對坐於房間內，在大概十分鐘令人窒息的時間內，兩人都沒有說話。

這種氛圍讓朝陽感到極爲難受，他想說些什麼打破沈悶，但一時之間卻又找不到什麼話題，正自不知如何是好之時，可瑞斯汀開口了，她道：「想知道我爲什麼找你嗎？」

朝陽道：「大概是因爲我長得帥吧。」

「我是說真的。」

「我也是說真的。」

「你能不能正經一些？」

「我現在已經很正經了，乖乖地坐在你對面，要是不正經的話……嘿嘿……」朝陽邪邪地笑了笑，好不容易等到可瑞斯汀說話，他可不能再讓對方將氣氛拉到那種令人窒息的氛圍當中。

可瑞斯汀當然知道這個男人腦袋裡想些什麼，可她又無可奈何，只得歎息了一聲。

朝陽走過去，緊挨著可瑞斯汀坐下，摟著她柔軟的腰肢，道：「你不是想認真地與我談一談嗎？有什麼話你就說吧。」

可瑞斯汀道：「你想知道自己是誰嗎？」

朝陽笑道：「你何時也喜歡與人玩這種無聊的玩笑了？我當然知道自己是誰。」

可瑞斯汀接著道：「我是說，你能否將自己和那個長得與你一模一樣的人區分開來？」

朝陽繼續笑著道：「難道你能夠告訴我答案？」

「是的。」可瑞斯汀點了點頭。

朝陽收起了臉上的笑容，道：「那你告訴我，我是誰？」

可瑞斯汀沒有回答他，卻道：「你認識漠嗎？」

「當然，這是一個想殺我的人。」朝陽道。

「他是魔族的黑翼魔使，一千年前，他曾是魔族黑魔宗的魔主。」可瑞斯汀道。

「這與『我是誰』又有什麼關係？」朝陽道。

可瑞斯汀自顧接著道：「漠之所以要殺你，是因爲聖魔大帝殺了安吉古麗，而安吉古麗是漠心中一直深愛著的女人。安吉古麗之所以被殺，是因爲她是聖魔大帝的皇妃，而她卻要離開聖魔大帝，投入漠的懷抱，於是漠被貶爲了黑翼魔使，所以他要殺你。」

第三章　等待千年

朝陽道：「什麼亂七八糟的東西，這又與我有什麼關係？奇怪，我怎麼覺得有點不認識你了？」朝陽看著可瑞斯汀的臉。

可瑞斯汀道：「我想你說的對，無論是驚天，還是漠，都可以證明你是聖魔大帝的轉世之身，你是魔族的聖主，所以我必須儘快幫你開啓天脈，讓你儘快擁有聖主的強大力量！」

「爲什麼？」朝陽忽然冷冷地道。

「因爲你現在若是不能擁有聖主的強大力量和記憶，根本就不能夠應付潛藏的強大敵人，也不能把握自己的命運。魔族千年所等待的希望，也就會化爲烏有！」可瑞斯汀有些激動地道。

朝陽冷笑一聲道：「若我體內的天脈開啓了，擁有了你口中所謂聖主的記憶與強大力量，那我還會是我麼？我還能夠掌握自己的命運麼？」

可瑞斯汀啞口無言，不知該如何回答。

朝陽接著道：「我只是我，一個普通的人，我不想、也不願、更不能成爲別人的傀儡，擁有自己的身體，卻沒有自己思想意識之人。況且，我曾經答應過驚天，我不想做個言而無信的小人。因此，你今天所說之話，我當作沒有聽見。」

說完，朝陽離開可瑞斯汀，向門外走去。

可瑞斯汀滿眼噙淚，大聲道：「可你是否知道，在面對他們時，你很可能連自己的性命都保不住？他們的強大，是你根本無法想像的！」

朝陽回頭一笑，傲然道：「任憑什麼狂風暴雨，儘管來吧，我有著自己的生存原則！」

說完，便推門而去。

房間內，可瑞斯汀記起了漠曾對她說過的話，自語般道：「看來，我不得不強行幫你開啓天脈了！」言語中透著無奈。

這時，一個清瘦的老者走進了可瑞斯汀的房間，對可瑞斯汀恭敬地道：「聖女可以肯定這人是聖主轉世之身的真實本體麼？」

可瑞斯汀道：「雲長老無須擔心，深入皇宮內的族人說，他昨晚離開皇宮時便是這付容貌，顯然是聖摩特五世不想莫西多知道他真實的本體還活著，而且我得到證實，那個被複製的『他』現在正在三皇子府。」

被稱作雲長老的老者寬慰道：「這就好。若我們幫他開啓天脈的是對方利用金、水、火、光、風五大元素精靈匯合複製之人，則在一年之後，他便會自行消失。到時，我們所做的一切就會功虧一簣，族人便永遠沒有光復的希望。因此，絕對不能將兩人弄錯！」

可瑞斯汀道：「這點雲長老可以放心，我確定他是真的聖主轉世之身。」

校場軍營。

天衣召開了副督察以上的將領會議，除了死去的東、西、北三區的督察外，還有東、西、南、北四區的副督察以及南區的督察。

這些人都是天衣一手提拔選用的人，在他的記憶中，就是讓這些人去送死，他們也絕不會皺一下眉頭！在他們的眼中，天衣有著絕對的權威。

天衣冷峻嚴肅的眼睛掃視著在場的每一個人，然後收回自己的目光，投到自己手中的茶杯上。

茶杯上的茶水從冒著熱氣到變得微溫，他沒有說一句話，坐在兩邊的五人也沒有說一句話，他們心裡十分清楚，東、西、北三區的督察之死意味著什麼！這是非常時期，發生了這種事，依照天衣往日處事的風格，必定會有大家都意想不到的舉動。而這意想不到的決定是什麼呢？他們都在等待著天衣的示下。

對他們來說，這種等待是一種忐忑不安和沈重，而對於久久不語的天衣來說，這種等待又意味著什麼呢？是茫然不知所措，還是難以示下的決定？

天衣的目光依然投在茶杯內，連思緒都彷彿融入了這碧綠的茶水中，讓人感到答案就在這茶水之中。

而茶水僅僅是茶水，它又怎能給人答案呢？

天衣一口將手中已經失去溫度的茶水飲盡，對身旁的一名帶刀禁衛道：「給他們每人一張紙和一支筆，讓他們把這一輩子最大、卻沒有完成的願望寫下來。」

「是！」身旁的那名一級帶刀禁衛將準備好的紙和筆分發給五人。

五人手中拿著分發下來的筆與紙，如此輕盈的東西，此刻他們卻感到一種無法承受的重，是比生命還要沈的重！

他們已然明白天衣所作出的決定，也明白他們自己所面對的結局，那就是——死！

他們齊齊將目光投向天衣，而天衣的目光則是投在軍營外來回巡視的禁軍身上。

他們從天衣臉上沒有看到異樣，但他們感覺到了天衣心中的沈重，一種無奈的沈重。

沒有人會輕易地處死親手提拔上來的將領，特別是在不能肯定他們有罪、有絕大可能是被冤枉的情況下，但這對天衣來說是不得不作出的決定，爲了雲霓古國，他必須這樣做！

莫西多殺了三名督察，據天衣分析，只有兩種可能：一是剩下的那名督察是莫西多的人，所以沒有被殺；第二種可能是，對方殺了三名督察是爲三名副督察提供機會，讓三名副督察掌控實權，而三名副督察是莫西多安排，或是被收買之人，如此一來南區的副督察也可能涉及其中。因此，天衣必須做出寧可錯殺，也不可放過的果斷決定。或許，這全都是一種錯誤的判斷，誰又知道呢？

五名督察都用顫抖的手寫下了他們這輩子最大、卻沒有實現的願望，他們已經知道這是一種無法更改的決定。

寫好的願望收了回來，天衣一一看著五人的願望，然後擲地有聲地道：「我知道你們當中有人是被冤枉的，也有可能與你們都無關，但這就是軍人的可悲！隨時都應準備好爲國犧牲的打算！不過請放心，無論你們是否有罪，你們寫下的願望，我天衣以人格擔保，一定會爲你們實現！」

說完，隨即大聲吩咐道：「來人，給五位督察備酒！」

六隻大碗擺在了天衣與五名督察面前，清香的酒「嘩啦啦……」地倒進六隻大碗中。

天衣起身舉起盛滿酒的大碗，大聲道：「我天衣就以這碗酒爲五位送行！」

說完，一口乾盡。

大碗落地，跌得粉碎，天衣轉身離去。

身後，傳來五聲大碗落地的粉碎之聲，接著是五柄劍出鞘的聲音，再接著是五柄劍劃破各自咽喉、鮮血四濺的聲音……

五名督察死後，天衣新任命了貼身的十名一級帶刀護衛中的四名爲新的東西南北四區督察。

影子並未睡，因爲驚天。他竟發現驚天居然自莫西多的府內掠出。所以他毫不猶豫地追了出去。

驚天的速度簡直快得不可思議，就像一逝而過的驚電，將虛空撕成兩半，氣浪向兩邊翻騰排開。

影子奮起直追，沿著那人掠過的軌跡，在氣浪中間，幾乎沒有任何阻力的情況下，將自己的速度提至極限，才可以勉強跟上對方。

如此一來，影子可以不用擔心自己飛掠時的破空之聲會被這人發現的危險，這樣也可以使影子的速度提升一倍。

在將時間與空間的比例拉到令人難以置信的程度，也不知跑了多少路程，這人終於停了下來，影子也幾乎與之保持著同樣的時間飄然落地，儘量不讓自己有被發現的危險。

影子打量了一下四周的環境，發現自己置身於一處密密叢林，而在前方不遠處，則是一條大河。

河流奔騰洶湧，氣勢喧囂。

奇怪的是這裡的河水竟是黑色的，像墨水一般，簡直令人無法相信。

「黑河。」影子的腦海中出現了這兩個字。

當他還是古斯特身分的時候，在皇宮中看到雲霓古國有關地理方面知識的書籍中，他記下了這個名字，不僅僅因爲它流淌著與眾不同的黑色河水，更重要的是在軍事上，這裡是一大重地，被視爲保護帝都安全的重要生命線，也是帝都的最後一道防護線。

據影子所瞭解，黑河距雲霓古國帝都有一百五十多公里，卻不想轉眼之間，他卻到了這裡，更對驚天來到這樣一個地方甚爲奇怪。

驚天站在黑河邊的一塊獨立聳出的巨石上，任憑帶著黑色河水味道的夜風輕拂著他那冷峻的臉容，斜插入鬢的劍眉卻又透著一種陰沈。給人的感覺，這人有著很深的城府！

他的眼睛望向黑河的對面，樣子似在等人。

不多久驚天喚了一聲，聲音很大，道：「是安心魔主麼？」

影子立即明白與驚天見面的是何人。

聲音剛落，安心落在了驚天的身旁，與之相攜而立。

這人陰沈著聲音道：「驚天魔主的事情辦得怎麼樣了？」其口氣不似在詢問，倒像是在責問。

驚天哈哈一笑，道：「這些年過去了，你還是這副德性，整個陰魔宗的人都被你帶得陰氣沈沈，沒有一點生氣。」

原來這被驚天稱爲安心魔主之人，正是魔族陰魔宗的魔主。

安心魔主看著驚天道：「看來事情你都已經辦妥了。」

驚天不屑地道：「如此小事怎能難得倒我？你應該記得我當初是怎樣圍困有神族第一先鋒之稱的破率領的八萬大軍，何況區區人族的三萬天旗軍？」

安心魔主道：「能夠將三萬天旗軍圍困住就好。隕星圖率領的那兩千鐵甲騎兵便可順利地潛回帝都，隨時待命。再加上我目前在帝都所擁有的力量，就可輕而易舉地顛覆聖摩特五世！」

原來，那兩千鐵甲騎兵之所以離開帝都，並非是爲了回去救援怒哈北方邊界的緊急狀況，而是爲了吸引那三萬天旗軍，然後將他們困住。如此一來，來自北方邊境所謂妖人部落聯盟的侵犯也可能是假報軍情。此招大大出乎聖摩特五世的意料之外，可謂陰險之極。

驚天這時道：「不過，我的『昏天魔法戰陣』至多只能將他們困住兩天，至於兩天後的事情，我暗魔宗可不會負任何責任。」

安心陰冷一笑，道：「有兩天的時間就已經足夠了，今天十三，兩天之後，一切就會發生改變，就算他們趕回帝都也是無濟於事！」

驚天道：「如此甚好，不過，天衣的那八千禁軍你可有信心應付？聽說他今天將四名副督察和一名南區的督察全給殺了，大概不會對你有影響吧？」

安心陰沈的雙眼中閃過一抹寒意，道：「我以爲他至多只是懷疑到沒被殺的南區督察，或是東、西、北三區的副督察，沒想到他把這些人全都殺了，我倒是低估了他！」

驚天看著安心的臉，道：「你我合作多年，我可不想在這關鍵的時候出問題。」

安心道：「你放心，我自然會有應對的策略，就像當初怎樣將這四名副督察與南區督察收爲我用一樣！」

驚天提醒道：「我可知道新上任的四名督察都是天衣的貼身護衛，並非一般人，你有絕對的把握控制他們麼?別像那被你殺死的三名督察一樣!況且，現在剩下不到兩天的時間!」

安心厲目掃過驚天，道：「這一點用不著你擔心，總之，在十五太陽下山舉行祭祀時，一切都會安排好，包括讓聖摩特五世死！讓朝陽穿上黑白戰袍，手持聖魔劍，宣佈聖魔大帝的重新臨世，宣佈魔族重新統領幻魔大陸！」

第四章 天下門徒

影子聽得一驚，原來驚天與安心是爲了向世人造成聖魔大帝重新臨世的假像，以便今後統領幻魔大陸。這黑白戰袍與聖魔劍都是他們事先預謀的計劃。

只是令影子感到不解的是，爲何驚天事先要與自己訂下那個沒有任何實用價值、有關兩件聖器的協定？現在看來，顯得沒有任何意義。

這時，影子眼前突然一亮，忖道：「難道驚天與安心之間也有私心？驚天與自己訂下的那個協定並非完全是假，如果驚天能夠得到自己體內的天脈，那他便可以挾制住安心，不用與他共分天下……」

正當影子思忖之際，驚天又道：「那個所謂的褒姒公主，你打算怎麼處置？她與聖女，還有法詩藺一樣，都是聖魔大帝宿命中的女人，也是這個擁有天脈的古斯特宿命中的女人。」

「這一點不是我們現在應該考慮的事情，我所擔心的是褒姒背後所牽涉到的人。」安心魔主的眼神顯得十分悠遠地望著前方的一片密林。

「誰？」驚天也從安心的眼神中看到了不妥之處。

「天——下！」安心一字一頓地道。

「天下?!」驚天吃了一驚：「她與天下有什麼關係?」

「褒姒是一個陰女，她的精神力修爲竟然不在我之下，只有天下才能將陰女獨有的秉賦轉化爲魔神級的精神力修煉。而天下對我們今後一統幻魔大陸來說，是一個極爲重要的人，絕對不可忽視！」安心鄭重地道。

驚天當然知道天下的重要性，他沈默不語。

安心接著道：「所以，目前我們只有靜觀其變，不過，現在最重要的是怎樣讓那個古斯特在本月十五『天壇太廟』祭祀的晚上，成爲人們心目中轉世的聖魔大帝！」

驚天點了點頭，表示同意，接著有些擔憂地道：「不過有一點我還是有些放心不下。」

「什麼事？」安心問道。

「神族。」驚天吐出兩個字，頓了一頓，又道：「除了歌盈帶走法詩藺之外，幾乎沒有任何動靜，這顯然有些不正常。」

安心冷冷一笑，雙眼射出神芒，穿透夜幕，道：「沒有人可以阻擋我們，就算是神族又如何?驚天魔主似乎有些過慮了吧……」

影子的腦海中這時想起的卻是莫西多，安心魔主似乎對莫西多的一舉一動都十分清楚，彷彿安心就是莫西多本人一樣。「難道莫西多與安心是同一個人?」影子對自己的推斷驚訝不已，如此一來，自己所認知的莫西多想奪皇位只是一個幌子，連聖摩特五世似乎也被騙了。如果安心魔主是莫西多的話，那他又爲何將注意力吸引到自己身上呢？這一點影子有些不解。

安心這時接著道：「就算是神族在關鍵時候出來搗亂，在我手中還有一張王牌，而這，是他們怎麼也意想不到的！」

說完這話，安心臉上浮現出陰冷的笑意，讓人有種不寒而慄的感覺。

驚天也笑了，道：「這一點我相信你，陰魔宗總是能做出一些令人意想不到的事情。好了，你現在想不想去看看那三萬天旗軍？」

安心點了點頭，道：「也好。」

影子心中正在思忖安心手中的王牌到底是什麼，只見兩人已經掠過黑河，於是，他也尾隨其後跟了過去。

影子剛剛起步追趕，倏地一個聲音在他耳際響起：「他們已經發現你了，難道你想被困在『昏天魔法戰陣』中麼？」

影子聽得一驚，連忙停下了追趕的腳步，尋找著話語傳來的方向，道：「閣下何人？」

沒有人回答，只見一條虛影在他面前一晃而過，然後又有聲音在他耳際響起：「跟我來。」

影子想了想，朝那虛影跟了過去。

當影子再次停下來的時候，他已經是在皇城西城外的石頭山上。

這一晚來來回回，不知不覺中，他已經跑了三百公里的路。

站在影子面前的人，是影子認識的漠。

影子知道漠是一個想殺自己，卻有太多理由相絆的人，只是不知何時跟在了自己的後面，又提醒自己，將自己帶到此處。

影子心中有疑，但卻沒有問出來，憑他對漠一面之緣的瞭解，知道對方不會做毫無目的之事。這樣的人不用問，他自然會說出自己想說之話，但他這次絕不是爲了要殺自己，對於這一點，影子可以肯定。

漠道：「你一定很奇怪我找你吧？」

影子道：「是的，我想你一定不會無事找我。」

漠道：「你確實是個不一般的人，竟然可以跟隨驚天長時間不被發現，特別是以你目前的修爲，我還未發現有這種人。」

影子道：「可惜我最終還是被他們發現了。」

「不，你沒有被發現，那是我騙你的。」漠道。

「騙我？爲何？」影子很平靜地道。

漠道：「若你再跟著他們，必定會被發現，而我不想你被他們發現。」

影子道：「僅僅是這一個原因？」

「當然不是。」

影子沒有說話，他等待著漠的進一步解答。

漠道：「我只是想帶你見一個人。」說這話的時候，他淡漠的臉上隱隱浮現出一種內心掙扎的痛苦。

第五章　天脈傳說

影子將之看在眼裡，卻是感到不解。這個人心裡有著太多的矛盾，但將一種痛苦的表情浮現在臉上，則是他這種人不會出現的。

影子的心中充滿好奇，不知漠帶他見的是一個什麼樣的人。

漠轉過身去，道：「跟我來。」於是，他便往神廟內走去。

影子遲疑了一下，但最終還是尾隨其後。

存在神廟裡的依然只有那一尊斑駁的神像，並沒有影子想像的應該見到的人。

影子不解，以詢問的目光望向漠。

漠沒有看他，只是把目光投在神像之上，然後在神像前盤膝而坐，閉上眼睛，接著道：「你也坐下。」

影子記起上次影也是帶他來到這個地方，也是讓他面對神像靜坐。他還記得，就在那次，他卻莫名地用飛刀射傷了影。而這一次，漠又一次要他面對神像而坐。

此刻，他也意識到，漠要帶他所見的人與這神像有關。

影子依言與漠並排坐下。

漠這時道：「你想知道這神像代表的是誰麼？」

影子道：「既然你要帶我見一個人，想必它與我要見的人有關吧？」

漠淡淡地道：「既然你知道，那就閉上眼睛吧。」

影子又依言閉上了眼睛。

只聽漠的聲音再次響起：「我現在就帶你去見這個人。」

接著，在影子的心神中，一個聲音響起：「用你的心去感受時間，看到時間一分一秒地在你眼前流逝，慢慢的，慢慢的……」這是一種令影子聽了很舒服的聲音，影子的心神得到了徹底的放鬆。接著，那聲音又道：「時間緩緩消失了，一切在你眼前變得虛無，剩下的只有自己，只有意識主宰的自己飄浮在茫茫虛空中，向一個沒有起點，沒有終點的方向飄去……」

影子真的感到自己脫離了身體的束縛，就像靈魂脫離了軀體，飄浮於虛空中。時間已經不存在他的腦海中，他感到自己從一個空間跨越到另一個空間，再從另一個空間到第三空間，不停地跨越，脫離真實生活中的束縛……

忽然，一道亮光從前面傳來，他定睛看去，見到了神廟裡斑駁的神像，接著，神像突然破碎，亮光消失，影子感到自己從高處掉了下來。

等他睜開眼睛的時候，他發現自己置身於宏偉雄壯、金碧輝煌的大殿之上。在他眼前出現的是漠，是安心，是驚天，還有法詩藺、可瑞斯汀、褒姒，最後看到的，高高在上的是他自己，或者說是長得像他之人。

所有該出現的人似乎都出現了，難道這些都是漠要讓自己所見之人？爲何漠也會出現在其中？

影子忽然明白，難道漠要讓自己見的是聖魔大帝？而這些出現之人都是與聖魔大帝有關的人？包括法詩藺，還有漠自己。

這時，影子所看到的這些人都一團和氣，談笑風生，彼此之間顯得無比親密和信任。

一晃……影子又回到了神廟。

漠也睜開了眼睛，他道：「這些人都是我讓你看的，不僅僅是聖魔大帝一個人，包括我自己。」

影子道：「你爲什麼讓我看這些人？這些人與我又有什麼關係？難道你也是爲了所謂的天脈？」

漠淡漠地道：「我從不關心什麼天脈，無論神族與魔族之爭的結果到底怎樣，都與我無關。我只是想說，這些都是你宿命中的人，與你的命運聯繫在一起，無論他們現在做出什麼樣的事情，遇到什麼樣的困難，都與你有著必不可分的聯繫。你來到這個世界，就是爲了完成一個使命，而這些人是與你的使命連在一起的，你必須借用他們的力量，無論你今後做出怎樣的決定。」

「使命？」影子模模糊糊當中彷彿感到了一些什麼。

漠道：「你的存在本身就是一種使命，沒有人可以從一個世界來到另一個世界，是冥冥中使命的力量有意的安排，是無法逃離的一種宿命，也許驚天與安心現在有著叵測的野心，但你始終應該記住，他們無法戰勝宿命。因爲你是宿命的主宰，無論你選擇神族還是魔族，你都不能在宿命中迷失。」

影子道：「你這是在爲他們說話，因爲我知道了他們的秘密。」

漠的眼神中顯現出一種痛苦，悵然若失地道：「從你的出現到現在，我一直都跟著你。我想，所謂的宿命不過是一種悲觀的思想。但這些天我又感到了一種不可抗拒的力量在起作用，雖然其中出現了許多波折，卻從沒有改變過。我曾經想從中逃脫，但我發現，無論如何我都是逃脫不了的。」

「那到底什麼才是宿命？」影子冷笑道，他從不相信所謂的宿命。

漠道：「我不能回答你，我所能夠讓你知道的，就只有這些人了。」

影子站起身來，極爲有禮地道：「謝謝你對我所謂宿命的忠告。如果宿命是上蒼的一種安排的話，我想，我所做的將會有拂天意！」

說完，他大跨步走出了神廟。

漠有些茫然地道：「宿命是可以改變的麼？」

他苦笑一聲，對著自己搖了搖頭。

如果宿命可以改變，他不會到現在還待在這殘破的神廟中。

第六章　魔族四老

聖摩特五世半晌未語。

莫西多這時道：「父皇先前已說過，只要西羅帝國皇帝陛下同意，父皇就無異議，父皇現在可以下旨詔告天下，皇兒將於明晚在天壇太廟與褒姒公主舉行婚典，共祈雲霓古國萬世永昌，福澤天下！」

滿朝文武都在等待著聖摩特五世的反應，二皇子卡西這時卻按捺不住了，跳出來道：「父皇千萬不可同意此事，三皇弟明明是在要挾父皇，父皇怎可向他屈服？」

莫西多冷聲道：「二皇兄怎可說我在要挾父皇？這是父皇親口答應兒臣之事，滿朝文武皆可作證。況且父皇身為一國之君，又怎能受我要挾？二皇兄這話謬之千里，而且有對父皇大不敬之嫌！」

卡西本想聲討莫西多，沒想到反被莫西多倒戈一擊，一時啞口無言，氣得臉色一會兒白，一會兒紅，一會兒紫，可謂色彩斑斕。

莫西多看在眼裡，得意地一笑。

卡西氣急敗壞，破口罵道：「誰不知道你狼子野心、蓄謀篡位已久？滿朝文武沒有一個人敢言，我可不怕你，爲了雲霓古國的江山子民不會毀於你手中，我必須阻止父皇下此聖諭！」

他轉而向聖摩特五世道：「父皇，你可不能答應他的婚事，若是讓他在列祖列宗面前舉行婚典，無異於當著文武百官、天下子民之面承認了他是雲霓古國的儲君！要是那樣必定禍及天下，還請父皇三思而行。」

聖摩特五世沈吟著，沒有說一句話，他清清楚楚地記得歌盈昨晚對他所說之話：

「若是你拿不到紫晶之心，雲霓古國在本月十五之後，將不復存在！」

莫西多冷笑一聲，道：「你這可是妖言惑眾，你我同爲父皇之子，爲何我繼承皇位是禍及天下？難道我是魔族之人不成？只有魔族才會禍及天下！你這無異於是在間接責罵父皇，如此大逆不道之舉，試問二皇兄何以做得出來？況且，滿朝文武都聽得父皇前些時日所說之話，你難道想父皇做出有違聖威、出爾反爾之事？二皇兄的居心到底何在？」

莫西多厲言之下，卡西瞠目結舌，以他之能，絕不是莫西多的對手，況且，他並不能夠拿出有力的證據，故而一次次面對莫西多的言辭，一次次受辱。

但卡西今天似乎已經做出了與莫西多死拚到底的決心。

「哈哈哈……」他當著聖摩特五世和滿朝文武之面狂笑道：「你口若懸河，我知道說不過你，但你的所作所爲，滿朝文武哪一人心裡不知？大皇兄神秘失蹤七天，是你假暗雲劍派斯維特一手所爲；你又派暗雲劍派逼天衣大人交代大皇兄有否被父皇賜死，天衣不說，你逼死其妻；前些天，你又派朝陽刺殺天衣……這些事情別人不知，我可一清二楚。難道這些還不夠證明你有謀反篡位之心嗎？若是讓你得到帝位，整個幻魔大陸都會處於水深火熱當中，我今天就算拚得一死，也要阻止你……」

突然，二皇子卡西停止了所有的聲音，他的眼睛睜得大大的，表情十分痛苦，在他所站的地面上，血，正一滴一滴地滴下。

而在他身上，一柄利劍刺穿了他的心臟，劍的另一端握在莫西多手中。

朝會大殿一片死寂，滿朝文武連大氣都不敢出一口。他們早已知道莫西多有謀反篡位之心，卻沒有想到莫西多竟如此大膽，當著聖摩特五世和滿朝文武的面殺死二皇子卡西。

所有人在震驚之餘都把目光投向聖摩特五世，他們在等待著聖摩特五世作出反應。

聖摩特五世仍是低著頭，沈吟著。

朝會大殿內，只有卡西的血發出一滴滴落在光滑地面的聲音。

每一滴血中，都映照出卡西痛苦不堪的表情。

卡西抬起顫抖的手，指向莫西多道：「你……你竟敢……殺……我？」

這是他怎麼也想不到的事，也是滿朝文武都想不到的事，也許能想到的，除了莫西多之外，便是聖摩特五世。

莫西多不屑地一笑，道：「這有何不敢？你當著文武百官之面誣陷於我，又數落父皇的不是，依照雲霓古國律法，罪當斬！我這只是替父皇行使律法而已，父皇應該會誇我公正嚴明才是……哈哈哈……」

莫西多狂傲地大笑，拔出刺進卡西體內之劍，回鞘，然後大踏步走出朝會大殿。

笑聲貫徹皇宮上空，久久不絕。

端坐於皇椅上的聖摩特五世，自始至終都沒有發出一點聲音。

就在聖摩特五世離開朝會大殿後，他頒下了兩道聖諭：第一道是，三皇子莫西多將與西羅帝國的褒姒公主在本月十五，每年一度祭祀先祖的日子，在天壇太廟舉行婚典，舉國同慶，共賀婚典；第二道是，全城戒嚴，嚴禁有任何圖謀不軌之人借婚典時期進城搗亂。

第一道聖諭讓人感到太突然了，也預示著雲霓古國的下一任帝君，亦即聖摩特六世，就是三皇子莫西多。

至於第二道聖諭，卻容易讓人產生太多的猜想，結婚大事與確定下任君主乃是舉國之大事，像第一道聖諭所說，應該是舉國同慶，奔相走告，共賀佳期。而全城戒嚴卻是緊急時刻所採取的非常手段，與第一道聖諭有所背悖，讓人猜想背後到底發生了何等大事，竟要採取這非常措施，這是令整個帝都的臣民都感到極爲不解的地方，全城上下，到處交頭接耳。另一個引起猜想的話題是，聖諭中所謂的「圖謀不軌之人」到底指的是誰？近些時日，雲霓古國並沒有什麼大的內憂外患，頂多也只是聖魔大帝當初所使用的兩件聖器在帝都出現，引起眾多江湖之人前來，但這一點也不至於會引起全城戒嚴。

第七章　追求極限

一個戴著斗笠的灰衣人站在人群中看著有關這兩條聖諭的告示，斗笠遮住了他的面龐，只露出一對有些木然的眼眸。看完告示，灰衣人轉身朝大街旁的一條小巷走去。

小巷很幽深，與外界大街的喧鬧相比，顯得十分靜謐。

灰衣人走路極快，轉眼之間，他便到了小巷的盡頭。

小巷的盡頭是一間不起眼的小房屋，小房屋有一扇烏黑的大門，門上有一對銅製的拉環。

灰衣人用拉環敲打著烏黑的大門。

大門緊閉，許久都沒有人來開門。

灰衣人便兀自推了門進去。

門內是一個小院，種著幾盆花草，花草之中還長著些雜草，似乎很長時間沒有人打理過。花草的模樣也顯得有幾分乾枯，像是一個缺少營養的乾瘦之人。

灰衣人踏過台階，台階上有著很厚的灰塵，而灰衣人雙腳在上面踏過，卻也沒有留下一點痕跡。

他又推開了一扇門，走了進去。

房間內有一盞燈，雖然是白天，但仍然亮著。

燈，面對著一面石壁，有一個人則面對著燈盤膝而坐。

石壁之上有著許多雜亂無章的痕跡，像是劍刻劃出來的，又像是手指刻劃出來的，但那些痕跡由於時間的原因，變得有些模糊。

而在他面對著的石壁的旁邊，與之相對應的，有一塊光滑如鏡的石壁，上面沒有一點痕跡，人站在它面前，都可以當鏡子照。

灰衣人摘掉了頭上的斗笠。

是月戰。

月戰很早便離開了魔法神院，當時爲他療傷的艾娜則是疲憊地趴在他的身邊沒有醒來。艾娜確實有著很精湛的魔法修爲，生命之燈即將燃盡的月戰，經過她的手，又奇蹟般地重新活了過來，且功力、精神力也都恢復到了七八成，這是連艾娜自己都感到極爲吃驚的事情，她竟然有種愈來愈佩服自己的感覺。

月戰離開魔法神院後，便急忙趕到這裡，他要見一個人，而他所要見的正是這面壁之人，也是暗雲劍派的派主——殘空。

殘空面對著燈，面對著石壁，道：「我一直都在等你，你終於來了。」

月戰道：「你是一個守信之人，我喜歡守信的人。」

殘空道：「一個月之前，你要我回雲霓古國帝都等你，我回來了，到現在卻還不知道爲什麼。」

月戰道：「因爲一個月前，我知道自己需要你的幫助，而現在的你可以幫助我。」

殘空道：「你也說過，可以幫助我解開先祖不敗天所留下的劍招，這兩面石壁已經耗盡我太多太多的心神了。」

殘空的話語中有無限唏噓之意。

月戰道：「不錯，你的心神實在耗得太多，你的樣子比你的實際年齡蒼老了許多。一個人一輩子的時光並不是很長，如果心老得快，他剩下的時光就會更短。」

殘空道：「你來，想必不是跟我說這些話吧？」

月戰道：「師尊曾經說過，一個人最重要的是對心的修煉，若是心老了，對劍的追求、對武的追求也就到了極限。而你的心之所以老，是因爲你太過執著。」

「這是天下說的話？」殘空的話語中有著一絲顫動。

「是的。」月戰點了點頭。

原來，月戰的師父竟是被喻爲無冕之皇的天下，幻魔大陸的三大奇者之一。

殘空感到了恐懼，若天下說的是真話，那他永遠都不可能獲得突破，更不能悟透先祖不敗天遺留下來的這兩塊石壁。

但天下又怎麼可能說假話呢？

殘空道：「這是否說明，就算我耗盡一輩子的時間，也不可能悟透這兩面石壁？」

月戰道：「萬事沒有絕對。你現在所能理解的，只是你的修爲所能夠看到的最高範疇。只要有人引領你開啓更高一層境界之門，我想你會看到不同的景致，從更高的境界去領會何爲劍道，何謂武道。這想必也是你想見師尊的原因。」

殘空回過頭來，眼中有一種按捺不住的激動，道：「天下可以爲我指點迷津嗎？」

月戰沒有回答殘空的話，只是道：「一個月前，我給了你一盞燈，我讓你面壁之時點上它，一個月下來，不知你有何收穫？」

殘空臉上有種悵然若失的表情，道：「我的眼睛看到燈，但我的心卻點不上燈，若我的心點上燈，那我的眼睛卻又看不到燈。我總是想何時能夠將眼睛看到的燈完完全全點在心上，抑或心上有了燈，眼前便有了燈，但我無論如何都不能讓這兩者相容。」

月戰道：「我給你燈，只是要讓你忘記燈。」

「忘記燈？」殘空驚訝萬分：「如此說來，我豈不是走了一條相反的路？」

月戰道：「我說過，你太過執著，如果你不能夠做到忘記，那麼我便不能引你去見師尊，這是師尊的一條戒律！」

「忘記，忘記，忘……記……」殘空自語，心神顯得極爲恍惚。

月戰看了殘空一眼，重新戴好斗笠，道：「今晚，我將會在三皇子府等你。」

說完，便向門外走了過去。

殘空也不知有否聽到月戰的話，嘴裡還只是念叨著：「忘記……」

月戰離開殘空所住之地，他現在還須去找另外一個人。

這是一個平凡的夜。

三皇子府仍像平常一樣，每一個角落都被燈火照得通明、透徹。

突然，三皇子府的燈光全部熄滅，府內一片黑暗。

靜，死寂般的靜籠罩在三皇子府。

三皇子府似乎並沒有因爲這突然降臨的黑暗而有任何騷亂。

「轟……」一聲巨爆在三皇子府寬廣的演武場響起，整個三皇子府搖晃不定，亂石飛濺。

三皇子府終於有騷亂的聲音傳來。

而趁著這巨爆和黑暗的掩護，三皇子府上已有眾多身影快速掠過，轉眼，便又消失不見。

接著，一道劍光從一間房裡竄出，在虛空中留下一條耀亮的軌跡。

慘叫聲、兵器交接聲，接二連三在三皇子府上空飄蕩開來。

月戰站在不遠處的一間屋頂上，看著三皇子府所發生的一切，臉上依舊木然。在他身邊，殘空這時來了。

殘空道：「看來，有人在我們之前動手了。」

月戰道：「那是聖摩特五世的人！」

「聖摩特五世？」殘空感到頗爲驚訝。

「我想，他們是爲了紫晶之心而來。」月戰道。

「你怎麼知道？」

月戰望了殘空一眼，又回望著三皇子府中的刀光劍影，道：「其實，他應該早有所行動的，他不應該等到現在。他什麼都不會得到。」

殘空亦望著三皇子府，月戰似乎什麼都知道，這與他印象中緘口不語的月戰似乎有所不同。

殘空道：「我們今晚想必也是爲了紫晶之心。」

「還爲了一個人，褒姒公主。」月戰道。

殘空道：「我聽說有一個人從不離褒姒公主身邊三步，卻不想是你。」

月戰道：「師尊說過，我必須保護褒姒公主，她的存在便是我的存在。」

殘空頗感意外，但不便相問。一個充滿智慧的人往往知道什麼是該問的，什麼是不該問的，關於月戰爲何保護褒姒公主，這個問題顯然不是他該知道的範疇。

但出乎意料的是，月戰卻主動告訴了他。

月戰道：「褒姒公主也是師尊的弟子，師父被稱爲無冕的皇者，深諳天下皇道興衰氣數之秘，與無語的預知天機、空悟至空對自然萬物的『破』和『空』，被稱爲當今三大智者。褒姒公主是師尊所收的唯一皇族弟子，而我，之所以成爲師尊的弟子，則是爲了保護褒姒公主。」

殘空沒想到月戰之所以成爲天下的弟子，僅僅是爲了一個保護褒姒的使命，而天下爲何要收月戰爲徒，保護褒姒呢？殘空不明白。

月戰道：「因此，如果你能夠幫我救出褒姒公主，保證她無恙，我想師尊是願意見你的。不過，一切運數全在於你，我幫不上任何忙。」

殘空眼中射出毅然的神芒，道：「我是不會讓他失望的。」

第八章 人魔異化

三皇子府的刀光劍影已經耀滿了夜空，雙方的糾纏從刀光劍影和金鐵交鳴之聲、慘叫之聲發出的顫慄來看，似乎已經發展到了白熱化的階段。

殘空回頭看了月戰一眼，道：「時機似乎已經到了。」

月戰點了點頭，飛身掠向三皇子府。

殘空隨後而至。

月戰雙腳甫一落地，便如風般從交戰者中間穿過，待那些人明白過來，他卻已經消失。可當他們再次開戰的時候，殘空又一閃而過，再次將他們的交戰錯開。

當月戰的腳步最終停下來的時候，他已經來到預先探知好的、關押褒姒的房間門前。門，就在眼前，但他並沒有去推。

殺氣已經侵滿他所在的每一寸空間，濃烈得化不開。

似乎有人早已算計好，在等待著他的到來。

果然，房間傳來靈空的聲音，道：「你終於來了，我已經等你很久了。」

殘空這時亦站在了房門前。

月戰依然用那木然的聲音對殘空道：「這個人交給你！」

殘空點了點頭。

月戰將門推開，一道驚電從黑暗的房間內標射而出。

月戰側身閃避，而殘空卻首先躍入房中。

「鏘……」一聲刺耳的金鐵交鳴之聲震碎虛空。

殘空從房間裡又退了出來。

門，重新關上，門口站著的是靈空。

靈空頗爲訝然地道：「你是誰？」

從剛才的倉促交手之中，靈空已經試探出了殘空決非一般人的修爲，而就殘空的年齡來看，他又很難相信剛才與自己交手的是殘空。

殘空冷笑一聲道：「你是不是怕了？」

「怕？」靈空冷哼一聲道：「我的對手不是你，而是他！」他的劍直指月戰。

殘空道：「要想成爲他的對手，你必須先成爲我的對手。」

靈空不屑地道：「老夫對你並不感興趣，他殺了易星，老夫必須用他的頭顱，以祭老夫之友在天之靈！」

殘空道：「連你的朋友都不是他的對手，我想你也好不到哪裡去。一個人最重要的是有自知之明，否則連怎麼死的也可能並不清楚。」

「哈哈哈……」靈空狂笑道：「還用你一個黃口小兒來教訓老夫麼？你也不問問老夫是誰，老夫何曾怕過什麼人？」

殘空道：「我不管你是什麼人，但我知道你並不是一個聰明人，就算再虛活百歲，恐怕也只是枉然。這樣的人，人人可以教訓。」

「好一個人人可以教訓，如此狂妄，就讓老夫先看看你到底有多少斤兩，再為易星報仇！」靈空實在是氣得厲害，哇哇大叫道。

殘空微微一笑，道：「說你不夠聰明，你還真是笨，三言兩語就把你氣成這樣，看來你已不配成為我的對手！」

靈空知道自己中了殘空的激將之計，但事已至此，他必須先解決殘空再說。出道至今，一百多年的閱歷，他還沒有受過如此羞辱。

中了一個人的激將之法，引發心緒不能冷靜並非一件好事，但也並不是絕對的壞事，世界萬物都是因人因事而變的。

靈空是一個人，一個魔異化的人，這種人往往需要的並不是冷靜，魔異化的形成需要一個人心緒產生極大的波動，甚至是怒海狂濤，絕對不能容忍的是冷靜。

殘空的激將之法是靈空心中正熱切盼望的。

隱隱的黑氣從靈空的身上散發，他的嘴角露出陰邪的笑意，手中之劍更是如在煉爐中鍛燒的黑鐵，黑中帶著詭異的紅。

殘空心中隱隱感到了一種不妥，他心中的劍似乎有些躁動。

而就在這時，靈空的劍完全佔據了殘空視線所及的全部，如同一個燃燒著紅黑烈焰的光團，在殘空眼中不斷擴大，剎那之間已經將殘空完全包裹其中。

整個被包裹的空間熾熱無比，更有一種所有空氣被燃燒殆盡之感，與外界形成隔絕的真空地帶。

誰也沒有想到靈空一出劍竟是如此狂野，彷彿就是他遭受刺激所產生的狂暴情緒。這一劍又彷彿是這情緒的一種變異，透著一種讓人暈眩的魔力，讓人感到心靈的迷失。

誰也不曾想到一劍竟會有這種效果。

然而，當這不斷擴張的紅黑光團將這魔異化的力量演繹得如火如荼之時，一道寒芒從氣團中間閃過，光團頓時被撕裂成兩半，殘空從光團中飛竄而出，同時自左手食指內射出一道冰藍色的劍脈，迅如夜空中的流星奔向靈空。

靈空大駭，手腕急轉，劍鋒回收。

「鏘……」冰藍色的劍脈射在了靈空及時回收的劍刃上。

靈空身形不自然地倒退了兩大步，駭然道：「你與不敗天是什麼關係？」

殘空飄然落地，冷笑一聲道：「你怕了？」

「你是不敗天的後人？」靈空陡然間似乎明白了過來。

殘空道：「既然你知道了，看來我們今天只能有一個人生存下來了！」

殘空說完，身上的殺氣陡然暴長！他絕對不能讓靈空認識到自己的身分而連累暗雲劍派。是以，無名指一伸，又一道黑色的劍脈破空射出。其破空之勢，如同將虛空燃燒。

靈空不敢有絲毫怠慢，手中之劍飛速舞動，旋成一道氣流漩渦，欲抵擋殘空射出的第二道黑色劍脈。

但黑色劍脈撞到靈空舞成的氣流漩渦時折射變勢，從地面彈射向靈空，其速竟然絲毫不受方向改變的影響。

「嗤……」靈空左手臂被黑色劍脈射中，散發出皮肉燒焦後難聞的氣味。

殘空出手，靈空接連受挫，完全打亂了他的心神。

原來昔日靈空、易星叱吒幻魔大陸時，曾與不敗天有過一戰。雖然兩方最終沒有分出勝負，但靈空與易星卻不敢再犯雲霓古國，原因就是不敗天使出的「五指劍脈」讓他們防不勝防，無從捉摸。現在殘空使出「五指劍脈」，又彷彿讓靈空眼前重現昔日受挫於不敗天的一幕，豈能讓他不驚？

五指劍脈是以人的五指經脈練氣而形成的劍脈，每道劍脈有著不同的顏色，分別爲赤紅、幽黑、冰藍、乳白及紫豔。五道劍指雖然有不同的顏色，但隨著修爲的深淺，相互之間卻可相融，若是兩道劍脈相融，其殺傷力則遠遠勝於一道純粹的劍脈，達到兩倍有餘，以此類推，若是五道劍脈相融，則能幻化出完全不受空間限制的「六脈破天」，其殺傷力完全可以用「毀天滅地」來形容。當然，這只是不敗天晚年提出的一個概念，並沒有人親眼看到不敗天使出「六脈破天」，就算是在面對最強悍的敵人時，不敗天也只是做到四脈相融。當他使出「四脈相融」的時候已經是天地變色，殺人無形！這也許就是不敗天晚年爲何留給暗雲劍派「大敗」兩個字的原因。

現在，殘空僅僅使出兩道純粹的劍脈就已讓靈空沒有還手之力，這便說明了「五指劍脈」的可怕之處。

就在靈空震動的心神還未回復過來之時，殘空第三道赤紅劍脈已經如疾電般射出！

而這時，月戰推開了房門，走進了褒姒所在的房間。

與外面的激戰喧鬧相比，房間裡顯得很靜，很黑，彷彿是兩個完全不同的世界。

借著偶爾透過窗戶閃進的劍光，月戰看到床上正安靜地躺著一個人。

月戰一步一步地向床上靠近，他的腳步很均勻緩慢。

房間裡除了安靜之外，似乎並沒有什麼異樣，這與月戰當初估計的似乎有所出入，這種悄無聲息的靜，在他看來似乎是不應該的。莫西多絕對不會對褒姒公主的防守如此鬆懈，因爲褒姒公主關係到莫西多整件事情的成敗！

但此刻，房間裡偏偏是如此的寂靜。

月戰的心很緊張，以他的修爲竟然感覺不到任何潛藏的危機，這不能不說是一件極爲不可思議的事，連莫西多在他面前，他也不曾有過絲毫的緊張之感。這潛藏在房間內的人到底是誰呢？這人竟然比莫西多還要可怕？

雖然月戰什麼都沒有感覺到，但他堅信有著這樣一個人的存在，這是直覺告訴他的。

月戰離床上躺著的褒姒愈來愈近，而潛藏著的人還是沒有一點反應。

月戰的腳步絲毫沒有停下，他仍在向床上的人靠近。

終於，他看到了褒姒安靜的臉，伸出了手，欲將床上的褒姒抱起。

而出乎意料的是，竟然沒有任何事情發生，與外面激戰的喧鬧相比，房間裡還是那般安靜。

月戰雖然感到十分不解，但此刻的他並沒有多想，他必須帶著褒姒儘快離開這裡，離開這個充滿詭異的房間，他也沒有心思再去理睬紫晶之心。

他抱著褒姒，如飛一般向房間外衝去。

此時，靈空已經調整好了自己的心態，以他百餘年的修爲，他絕對不相信不能奈何殘空。況且，今日的他已經不再是昔日對陣不敗天的靈空，就算此刻面對不敗天本人，他也不見得一定會輸。是以，調整心態後的靈空在閃過殘空一道乳白色劍脈的襲擊之後，瞧準時機，手中之劍化巧爲拙，長劍揮出。

天地之間陡地一片肅殺，長劍撕破層層氣浪，疾如流星，又如決堤而泄的洪水，一片白芒完全將殘空掩蓋，劍氣透體而過。

殘空抽身而退，卻已毫無退路。

而在這時，靈空的右手已猛地揮出，空氣頓時發出無數「劈啪……」的爆炸之聲。

一股魔異化的力量頓使整個虛空中的因子發生質化的裂變，被質化裂變的因子又產生了一種有異於自然界中所存在的力量。

發生質變的空氣融入到那揮出的霸絕無倫的劍勢之中，使劍勢又產生了不可捉摸、神鬼莫測的變化，劍勢遍及虛空中的每一寸空間。

天地倒轉，如同變成了兩個世界。

靈空將自己充滿魔異化的力量與他揮出的劍勢進行了徹底的融合，這比靈空對影子揮出的拳勢更要霸烈、更要兇猛、更不能揣測的攻擊！

靈空此擊意在將殘空一舉擊滅，所以才有這令人驚駭萬分的攻擊。

殘空感到自己已經動彈不得，但他的心卻被靈空這霸絕無倫的攻擊激起了無限狂野之情。

他一生求劍，執迷於劍道，更旨在超越先祖不敗天，沒有人可以小視殘空劍道的修爲，更沒有人敢忽視他這些年苦心礪志的執著。

殘空暴喝一聲：「三指擎天！」身形陡然無限量漲大，無限氣機從他身體散發出來，狂風猛烈地吹動著他的衣袂和頭髮。

無名指、中指、拇指同時伸出，冰藍、赤紅、紫色三道劍脈同時射出！

三道劍脈如同三條狂暴至極的怒龍，直沖九天蒼穹。

整個皇城的夜空霎時被冰藍、赤紅、紫色三色耀亮，變得無比詭異。

霎時，三色怒龍化爲一道七彩流光的劍脈，自九天疾瀉而下，撕開靈空以魔異化劍勢所包圍的空間。

「轟……」三道劍脈融合的七彩劍脈撞上靈空劍勢最核心的攻擊點，空氣瞬間急驟膨脹，發出慘烈無比的爆炸，氣浪席捲著整個三皇子府後院，所過之處，摧枯拉朽，駭人至極。

殘空與靈空同時暴退，重重地撞在牆上，撞透牆壁。

兩人同時受到了極深的重創，五內翻騰不已，氣血難平。

月戰抱著褒姒掠過殘空身旁，道：「速走！」

殘空會意，起身站立，跟上飛掠的月戰。

而這時，月戰的身形如僵硬的石頭般突然從空中落下。

殘空駭然，急忙停身，剛走近月戰蹲下的身子，一隻白嫩細滑的手快如疾電地撞上了他。

在沒來得及有任何反應的情況下，殘空與月戰一樣，動彈不得……

當莫西多回到三皇子府的時候，聖摩特五世所派來奪取紫晶之心的人已全部被殲滅，一個不留。

聖摩特五世的最後一點希望似乎也已經泡湯，莫西多的心情顯得極爲舒暢，現在對他來說，已是萬事具備，只欠東風了。

莫西多踩著屍體，踏著鮮血，看著滿目瘡痍的府邸，在慘澹月光的映照下，他的臉上堆著笑，這種發自內心深處的笑，牽動著他全身的每一根神經，浸染著他的每一個細胞，顯得無比的燦爛。

試問，天底下還有什麼笑比這種笑更讓人認識到什麼是笑呢？

「一切都盡如我意！」他自語道。

當莫西多在後院看到殘空時，頗感意外，道：「沒想暗雲劍派的派主會大駕光臨三皇子府，實在是有失遠迎。」

殘空與月戰都被「褒姒」制住了穴道，動彈不得，但兩人的神情都顯得很平靜。

莫西多又對月戰道：「你是我有史以來遇到最強的對手，你能夠去而復返，本皇子實在爲你感到高興。」接著，他又詭秘地一笑道：「也許你不知道，當你離開的時候，我便知道你今晚會來。因此，特意爲你『準備』好了『褒姒公主』，讓你來將之『抱』走。你想不想知道她是誰？」

第九章　公平遊戲

月戰道：「我只是想知道公主現在哪兒！」

莫西多道：「你放心，公主是不會有事的，我怎麼會捨得讓她有事呢？整個雲霓古國都已經知道，明天，她將會成爲我的妻子，試問一個丈夫又能對自己疼愛的妻子怎麼樣？」

月戰木然的臉上沒有絲毫表情，也未再言語。

莫西多心情好，心情好興致便高，於是他道：「我們打個賭如何？上次我在心裡暗暗跟自己賭了一把，結果卻沒有輸贏，如果這次你能夠賭贏，我便讓你帶走褒姒公主。」

月戰道：「我從不與人玩遊戲。」

莫西多道：「這是一個公平的遊戲，若你輸了，我只是要你去幫我做一件事。當然，你也有權不參與這場賭局。不過，如此一來，褒姒公主你永遠不可能帶走，還有你的命也會留在這裡！」

月戰道：「什麼樣的賭局？」

莫西多一笑，道：「很簡單，我手中有一枚雲霓古國的金幣，我將它拋上虛空，在落地之前，看我們兩人誰能夠接到它，首先接到金幣的便是勝者，這也是對我與你上次沒有分出勝負的一個補償。」

月戰道：「若是我輸了，你要我辦的又是何事？」

莫西多又是一笑，道：「我要你在明天新婚之後，幫我殺死聖摩特五世，也就是我的父皇。」

殘空聽得一驚，他沒有想到莫西多竟敢明目張膽地說出這樣的話。聽其口氣，似乎他有十足贏的把握。

月戰的臉上一如往昔的木然，道：「我答應你。如果你輸了，我希望你能遵守你的諾言。另外，在賭局開始之前，我必須見到公主，我希望能夠看到她平安無事。」

莫西多道：「你如此爽快倒令我意外，不過，我可以答應你的要求。」接著，便示意手下將褒姒帶上來。

一名侍衛領命而去。

莫西多轉而對殘空道：「暗雲劍派一直與本皇子合作甚好，殘空派主怎會想到與人一起來三皇子府搗亂呢？這一點，本皇子實在感到不解。」

殘空道：「暗雲劍派只是一個武道世家，從不與朝廷政治有所瓜葛，怎麼會與三皇子有所合作？我想是三皇子弄錯了吧！」

莫西多道：「難道斯維特不是暗雲劍派的人？幾乎整個帝都全知道，他與本皇子過往甚密，而且在今天的朝會之上，二皇兄還指責我指派斯維特暗殺大皇兄，還有天衣。難道這些都是空穴來風？」

殘空道：「這些只能代表他個人，與暗雲劍派無關。況且暗雲劍派的派主是我，只有我才可以決定暗雲劍派的事情。」

莫西多一笑，道：「可本皇子聽說，殘空派主才剛剛遊歷幻魔大陸回來，暗雲劍派之事一切都由斯維特打理，這事難道有假？」

殘空道：「這事不錯，但他所打理的只是暗雲劍派的日常事務，並沒有爲暗雲劍派未來作出決定的權力。」

莫西多道：「好了，本皇子不想與你討論這個問題，無論斯維特是否有權代表暗雲劍派都無所謂，他只是我手中的一顆棋子，現在已經不能夠起多大的作用了。我今晚最想對你說的是，我希望能夠娶到法詩藺，也是你的妹妹，做我將來的皇妃，哈哈哈哈……」

殘空一聲冷笑，道：「只怕三皇子是在癡人說夢！」

……

這時，就在兩名侍衛將褒姒從一間房裡帶出來的時候，一支利箭洞穿了他們的心，還沒有來得及發出臨死前的慘叫，一隻手便捂住了他們的嘴巴，直到他們完全死去也沒有發出一點聲音。

褒姒看著眼前的蒙面之人道：「你是落日？」

那蒙面人點了點頭，道：「公主，我帶你走。」

原來月戰找來的另一個人是落日。

「不！」褒姒斷然道：「在沒有得到紫晶之心之前，我是不會離開這裡的。」

落日道：「若是你不離開這裡，我們今晚所做的一切全白費了。」

褒姒看著蒙著面的落日道：「你怎麼會來救我？」

落日道：「現在不是談論這件事的時候，我看我們還是快些離開這裡再說吧。」

褒姒堅決地道：「我說過，在沒有得到紫晶之心之前，我不會離開這裡！」

落日極爲頭痛地道：「可我找了半天，也沒有找到什麼紫晶之心，我看我們還是先離開之後，再回來尋找吧。」

褒姒看著落日的眼睛道：「落日兄以爲現在還有時間麼？」

「可是……」落日不知該如何回答。

「不用可是，你回去告訴月戰，莫西多會在明晚婚典時將紫晶之心戴在我的脖子上，我希望他明晚能夠將我救走。」褒姒的口氣已經沒有任何商量餘地。說完，逕自向傳來殘空與莫西多聲音的地方走去。

落日無奈地搖了搖頭，他與月戰、殘空預先策劃好，利用月戰與殘空先吸引莫西多的注意

力，而月戰再尋找機會，讓莫西多自己暴露褒姒的真實藏身所在，落日趁機將她救走，卻不料褒姒竟然不願離開，真是可笑至極。

落日只好按照預先的約定，自己先行離開，並且在夜空中留下一個清脆的嘯聲。

聽到熟悉的嘯聲，月戰和殘空的心猛地一顫，看來落日那邊已經失敗了。

這時，他們又看到褒姒十分端莊地朝他們這邊走來。

莫西多心裡十分奇怪爲何沒有那兩名引路的侍衛，而只有褒姒一個人前來。但他並沒有將自己心裡的疑問說出來，他笑著道：「公主現在是愈來愈漂亮了，不知是不是快做新娘的緣故？」

褒姒望了一眼月戰及殘空，轉對莫西多道：「我以爲是誰想見本公主，原來是他們。」

莫西多道：「他們是想帶公主離開這裡。」

褒姒道：「讓他們走吧，今晚我是不會離開這裡的。」

「公主。」月戰喊道。

褒姒道：「我知道你心裡想什麼，但我今晚是不會跟你離開這裡的。」

莫西多這時道：「可我們方才有了一個賭注，要是他贏了，他就會將公主帶走……」

褒姒打斷莫西多的話道：「我想你們的賭約還沒有開始，那就作廢吧，本公主不想成爲別

人的賭注！」

莫西多道：「如果沒有賭約，連他自己也是不能夠離開的。三皇子府不是別人可以隨便亂闖的地方，要是那樣，這裡應該更名爲天香閣了。」

褒姒望著莫西多道：「我相信三皇子應該記得我答應過你的事，我希望三皇子能夠看在我的面子上，放他們走。」

莫西多輕皺著眉頭，望了望月戰與殘空，道：「這倒讓我爲難了，公主的面子我是不能不給的。這樣吧，還是那個賭約，要是你們贏了，你們便走，輸了，你們便幫我殺死聖摩特五世。」

還沒等褒姒說話，月戰率先開口道：「好！」

莫西多得意地一笑，對著那個假扮成褒姒之人道：「幫我解開他的穴道。」

「不用。」月戰道，他的穴道似乎根本就沒有被制住。

那假裝褒姒之人吃了一驚，月戰受制似乎只是他的一種策略，他似乎早已知道她是假的褒姒。

莫西多道：「原來你根本就不曾受制，那你爲何還要答應這場賭約？以你的修爲，完全可以自由離開。」

月戰道：「我也想知道我們到底誰會贏。」

莫西多的臉容一點點擴散，道：「這也許是強者相惜，應該有的一種心態。」

「錚……」一枚金幣從莫西多手中彈入虛空，慘澹的月光照在不斷轉換的幣面上，反射出金黃色的光芒。

月戰與莫西多雙眼對峙，身形一動不動。兩人眼眸之中，完全佔據著對方的身影。

殘空望著兩人，褒姒望著兩人，還有靈空也望著兩人……沒有人注意虛空中的那枚金幣。

終於，金幣由上升轉爲下降之勢。

空氣中積蓄著即將爆發的凝重。

當金幣落至莫西多與月戰眼前時，兩團旋風從原地消失，撞在了一起。

金幣由下墜之勢，陡然又彈入高空。

莫西多左足輕點地面，身形化作幻影，直追上升之金幣。

就在手剛接觸金幣的一刹那，金幣忽地左移，那是因爲月戰手中的劍。

月戰之劍劃破虛空，形成一道氣流，將金幣吸走，但他並沒有急於去搶奪金幣，利劍又借勢劈向了莫西多。

劍勢極爲普通，但卻封鎖了莫西多去搶奪金幣的方位。

月戰是一個冷靜至極的人，他臉上的木然是因爲看透了太多事物的本質，所以他清楚地知道，每一次攻擊並不一定要兇狠，不一定要狂暴，只要有效就行。

月戰這一劍無疑是有效的，莫西多在半空中的身形不得不選擇迴避。

劍氣貼著他的面頰劃過，但他的身形卻借用劍劃破虛空所形成的氣流平行飛速滑動。

他的身體似乎比空氣還要輕。

就在莫西多讓眾人吃驚之時，他的手又接觸到了金幣，準確地說，是莫西多凝聚空氣，飛速延伸的手接觸到了金幣。

手，無形且透明，但沒有人懷疑它比一隻真實的手遜色。

月戰的劍又飆了出去，虛空中的空氣似乎一下子被分解了，就像瞬間綻放的煙火，有一種毀滅的快感。

凝聚空氣而成的手當然也被毀滅了。

金幣失去了支撐，飛速下墜著……

莫西多沒有再去搶奪金幣，月戰也沒有，他們的注意力又集中到了彼此的身上。

眾人似乎現在才明白，所謂搶奪金幣只不過是一種較量的方式，只有人才是終極的目標，搶與奪並沒有任何實際的意義。

金幣在下墜，兩人都沒有再去理會它，他們再一次將目光投在了對方的身上，只是這一次不同的是，他們的眼中已經燃燒著騰騰殺機。

他們知道一切才剛剛開始。

第九章　公平遊戲

金幣在與地面接觸的一剎那，一隻腳蹬在了地面，金幣猛地又竄向了高空。

緊接著，一道寒光自四目彙聚的相交點緩緩滑過。突然，寒光爆發出絢麗的光彩……

第十章　自導自演

褒姒戴上了鳳冠，披上了霞緞，她的樣子顯得無與倫比的嬌豔。

對著鏡中的自己，她自言自語道：「人們都說女人結婚的那天是最漂亮的，看來並不是沒有道理，雖然我並不是真心想嫁給他，但我看到了一個新娘的美麗。」

莫西多從一旁走進了鏡中，他用手輕輕地抬起褒姒的下巴，道：「能夠成爲我的新娘，一定要是天下最漂亮的。今晚，我要將聖魔大帝用自己的心和九天雲霞煉化而成的紫晶之心親自戴在你的脖子上，到那時，我要天下所有的女人都嫉妒你！」

褒姒拿開了莫西多的手，驕傲地道：「是的，我要天下所有的女人都嫉妒我！」

莫西多一笑，道：「而這些，只有我才能給你，離開了我，你什麼都不是。」

褒姒望著莫西多，似笑非笑地道：「是嗎？」

莫西多從懷中拿出一枚金幣，道：「就像那個保護你的木頭似的人，從賭約一開始就注定會輸給我，我從不做沒有把握的事情！」

褒姒道：「他的確輸給了你，但你真的要依靠他去殺你的父皇？你認爲月戰能夠殺死聖摩特五世嗎？」

莫西多輕笑一聲，毫不在意地道：「也許吧，誰知道呢？當時這句話也不過是我一時興起，隨便說說而已，他能不能幫我殺死我那親愛的父皇，對我來說，並沒有多大實際的意義。」

褒姒道：「那你爲什麼要進行那個賭約？」

莫西多道：「難道任何事情都要理由嗎？我只知道我昨晚的心情很好，心情好的時候，往往會做出連自己都覺得沒有理由的事情，你不覺得人有時候需要這樣，生活才有意義嗎？」

褒姒道：「是的，你的話沒有錯，但那絕不是你，依你的性格，絕不會做沒有來由、一時興起之事！」

莫西多望著褒姒的臉，伸手在她滑嫩的臉上輕輕滑過，道：「沒想到公主竟是如此瞭解我，不過告訴你也無妨，月戰一定可以殺死我那親愛的父皇，因爲我要你和西羅帝國永遠地與我在一起！」

褒姒聽得一驚，原來莫西多是要造成月戰殺死聖摩特五世的事實，讓西羅帝國也攪入這件事情當中，脫離不了干係，從而不得不與莫西多站在一起。因爲別人會認爲，月戰殺死聖摩特五世只是一個信號，正是有了西羅帝國在背後的支援，莫西多才可以如此肆無忌憚地篡奪皇位！此招可謂陰險之極。

褒姒道：「原來你早已設計好了。」

莫西多道：「我從不會放過從我身邊走過的任何一次機會的！」

褒姒冷笑一聲，道：「你以爲自己真的能夠把握住每一件事情麼?沒有人可以說這樣的話！」

莫西多充滿自信地道：「因爲這是我導演的一幕戲，我是這幕戲的主宰，我可以決定每一件事的發展，我可以決定每一個人的生死。任何人和任何事都得聽我的！」

褒姒道：「這是我聽過世上最大的笑話了，不過我相信，很快就會有人自打嘴巴，也許就在今晚！」

莫西多毫不介意，道：「是嗎？」

褒姒看著莫西多充滿自信的樣子，心裡顯得忐忑不安。她知道，以莫西多這般性格謹慎之人，沒有十足的把握，是不會說出這樣的話的。

雲霓古國皇城外，暗暗潛回的兩千鐵甲騎士隱藏在離皇城三里處的樹林裡。

怒哈大將軍之子伊雷斯與隕星圖望著天上即將西斜的太陽。

伊雷斯道：「怎麼今天的時間過得這麼慢啊？」

隕星圖道：「是少帥的心太急了。」

伊雷斯並不否認，道：「我的心是太急了些，從早晨到現在，我的心沒有片刻安寧過，總盼望天快些黑下來，然後衝進皇城，大喝一聲，將那八千禁軍殺他個片甲不留！那樣豈不是大快人心？老待在這個樹林裡，真讓人難受死了。」

隕星圖一笑，並沒有像以往那樣責備伊雷斯，歎息道：「是啊，我的心也與少帥一樣急，盼望著這太陽能夠快些下山，然後殺進城去，爲大將軍攻下這舉足輕重的帝都！」

伊雷斯望著隕星圖問道：「如果我們成功攻下皇城，殺死聖摩特五世，但還有莫西多的存在，我們所做的一切豈不是都便宜了他？」

隕星圖含笑道：「不會的，大將軍這些年勵精圖治，爲的就是今天的到來，又豈會將勝利的果實輕易送給別人？我們這兩千鐵甲騎兵只不過是一隊先鋒軍，邊塞的五十萬大軍已經向皇城這邊進發了。到時候，大將軍打著『叛逆篡位』的旗號對莫西多進行討伐，我們裡應外合，整個江山便是大將軍的了！」

伊雷斯興奮地道：「這件事我怎麼沒有聽父帥提起過？父帥真的已經率兵前來了嗎？」

隕星圖點了點頭。

伊雷斯道：「那太好了，雲霓古國的江山終於輪到父帥了。《幻魔戰記》那本書真的沒有說錯，我們北方邊境是一條蟄伏的蛇，隨時都有吞象的可能！看來，事情真的如他所預料的那般，我們將會擁有整個幻魔大陸！」

伊雷斯大聲地喊著，顯得豪情萬丈。

隕星圖含笑不語，在他心中卻已經出現了坐擁天下那令人激動的一幕。不過，他很快讓自己平靜了下來，那只不過是尚待時間證實的事情，現在最重要的是眼前，眼前之事將會是今後雲霓古國，乃至幻魔大陸歷史命運的轉捩點。

隕星圖道：「現在，我們就等待天黑，莫西多發出信號，大開城門，然後我們率兩千鐵甲騎兵殺進去！」

伊雷斯道：「一切勝利都會屬於我們，哈哈哈……」

太陽西沈，暮色上升，月亮出現在了夜空。

雲霓古國的文武百官和受到邀請之人都陸續出現在了天壇太廟，所來之人，皆被井然有序地引至預先安排好的位置。

寬闊的天壇廣場上，已座無虛席，只是聖摩特五世、雅菲爾皇后及莫西多、褒姒四位最重要的人物還沒有到來。

負責安全保衛的魔法神院四大執事也沒有出現在人群中，但所有魔法神院的魔劍士等都按部就班地執行著四大執事事先的安排佈置。

每一個進入天壇之人皆通過重重審核與身分的確認，以保證今晚婚典及祭祀活動的順利進行，不能有絲毫差錯出現的可能。

今晚的安全措施，除了眼睛所能看到的這些保衛安全的魔劍士外，更有隱藏在某個角落不爲人所知的人。最爲重要的是，以四大執事強大的元神感應所締結的結界，足以確保最爲核心的安全問題，以及兩大聖器的無恙。

按照預先的安排，先是舉行婚典，再是舉行雲霓古國每年一度的祭祖儀式。

落日、傻劍、斯維特出現在了被邀請之人的行列，並且是在第一排。在他們每人面前，皆有一張長形桌子，雕刻精美，上面放置著水果、茶水等物，一應俱全。

在他們身後，同樣的桌子有二三十排，每一排不少於三十張，也就是說，今晚被邀請的幻魔大陸著名人物，不少於六七百人。

而在落日等人的左邊，則是一張長長的、以紅地毯鋪設的大道，從天壇入口處一直延伸到舉行婚典和祭祀儀式的太廟門口，其寬至少有五米。

而在大道的另一邊，則是滿朝文武百官、皇親國戚及各國使節，其人數並不比落日這一邊的人少。

此時的天壇太廟被火光映照得明如白晝，太廟正門口的那隻蒼龍在眾人面前越發顯得威武而不可侵犯。

一面面旌旗在夜風中獵獵作響。

所有人都在等待著聖摩特五世及莫西多的到來，他們才是今晚的主角，而在座的所有人都知道，今晚必定有不平凡的事情發生，儘管此刻每個人都顯得很安靜。

當二十四隻古老的號角在夜空中迴響時，所有人的心都定了定，他們知道，重要的人物已經該出場了。

終於，從大道的另一端，天壇的入口處，傳來了身穿銀色戰甲、腰佩長劍的禁衛整齊劃一的腳步聲。這些禁衛目光沈凝，神情肅穆，所有人都不懷疑，他們有以一敵百的修爲，因爲他們不是一般的禁衛，而是屬於聖摩特五世直接指揮的死士兵團的禁衛，負責保證聖摩特五世的絕對安全。

聖摩特五世及雅菲爾皇后來了，是的，從這些死士兵團的禁衛來看，眾人都知道是聖摩特五世來了。

所有人都從自己的座位上站了起來，面向大道，以注目禮迎接聖摩特五世的到來。

聖摩特五世身著代表雲霓古國最高權力的皇袍，手攙雅菲爾皇后，面帶微笑，向眾人點頭致意。

從其神情，眾人並不能看到聖摩特五世是在通往怎樣危險的一條路上，因爲眾人知道，既然三皇子莫西多敢殺死二皇子卡西，就有在今晚擊殺聖摩特五世的可能。這樣，莫西多就不用再費更多的手腳，直接登上皇位，抑或，莫西多會在今晚逼聖摩特五世傳位給他。

不過，這些只是一種猜測，尚需時間的證實，這一切決定都在莫西多的手上。

第十一章　聖壇慘案

聖摩特五世攜著雅菲爾皇后坐在了專門為之搭建的神座上，而兩邊則各是二十名死士兵團的禁衛。

眾人同聲祝賀，俯身施禮，而聖摩特五世只是微笑點頭，示意眾人坐下，並不曾發出一言。

在聖摩特五世剛剛坐下時，莫西多與褒姒身著雲霓古國傳統的婚典服飾，緩步到來。在他們身後，則是月戰、殘空、靈空，還有影子，四人皆腰佩長劍，身著華麗的皇宮劍士服飾，神情皆顯得一絲不苟。

斯維特見到殘空，驚訝不已，他不懂為何一直反對他與莫西多合作的大哥卻出現在了婚典上，而且是身為保護莫西多安全的貼身劍士。

莫西多臉上的笑容很燦爛，比今晚的月亮更為迷人，更比聖摩特五世的笑更讓人明白，什麼是發自內心深處的笑意。

他的手勢很誇張，頻頻向站起向他施禮祝賀之人示意坐下，比聖摩特五世更像一個春風得意的皇者。

今晚的褒姒無疑是最引人注目的角色，她的美讓每一個人都看呆了，就像一支利箭穿透了他們的心，讓他們感到一種全身心的震撼。他們似乎忘記了，現在是怎樣的一個非常時刻。

此刻大概他們也認識到，什麼樣的女人才叫傾國傾城。

莫西多與褒姒來到聖摩特五世及雅菲爾皇后面前躬身施禮。

莫西多道：「請父皇頒旨吧。」

聖摩特五世彷彿沒有聽見，竟沒有一點反應，抑或他仍是睡在尚未醒過來的夢中。

莫西多又一次道：「請父皇頒旨，詔告天下，雲霓古國與西羅帝國從此聯姻，永結友好之邦吧。」

聖摩特五世彷彿這才醒過神來，他的眼睛看過莫西多及褒姒，又落在他們身後的影子身上。影子躬身低垂的頭並沒有抬起來，聖摩特五世的目光在影子身上停駐了一兩秒，然後移向坐在下面、占滿天壇廣場的眾人身上。

最後，他清了清喉嚨，顯得有一絲疲憊地道：「雲霓古國自開國以來，源遠流長，至今已有八千一百三十年的歷史，秉承先祖『以武興國，尚武不爭』的民族精神，雖然期間多次有滅國之災，但憑著團結的民族力量，我雲霓古國一次又一次地化險爲夷，重新屹立於幻魔大陸的東方……」

聖摩特五世的話沒說完，卻引起了下面眾人的小聲議論，他們沒有料到，在這樣一個喜慶的時候，聖摩特五世卻提起了這樣沈重的民族話題。眾人也似乎從聖摩特五世的話語中觸摸到了蒼老和無奈，他們心中也更加確信今晚必定有不平凡的事情發生……

就在聖摩特五世宣講著雲霓古國悠久的歷史之時，雲霓古國東城門口的上空，炸開了一朵絢麗的煙火。

天衣正帶著六名一級帶刀禁衛巡察至東區範圍之內，一名帶刀禁衛指著天上的煙火對天衣道：「大人，你看！」

天衣抬頭看到夜空中炸開的煙火，兩道劍眉輕擰在了一處，一種不祥的預感狂湧上心頭。

天衣大喝一聲道：「東城門出了事！」他指著三名一級帶刀禁衛道：「你們分別到南、西、北三區，以我的命令督促矢一、冰河、歐待，若是發現他們存有異心，殺無赦！三區禁衛不能讓他們有任何異動，原地待命，死守城門！」

「是！」三名一級帶刀禁衛同聲應命，飛身朝各區方向奔去。

天衣又指著一名禁衛道：「你立刻去調集在軍營待命的兩千禁軍，支援東區！」又指著另兩名禁衛道：「你們兩人各領一千禁軍，以信號爲憑，隨時準備支援其他各區，要快！」

「是！」剩下的三名禁衛各自領命，向校場軍營方向飛奔而去。

天衣的眼中射出兩道森寒的光芒，向東區狂奔而去。

可等天衣趕到東城門的時候，城門已經大開，兩千兇悍的鐵甲騎兵在隕星圖與伊雷斯的指揮下，猶如決堤的洪水般狂湧進城，喊殺聲震天。

雪亮的彎刀在夜空中揮舞著，見人便砍，毫不留情。

而格諾所領的一千東區禁軍則冷眼旁觀地看著這兩千鐵甲騎兵的蜂擁進城，沒有絲毫動作。

天衣站在與城門口相通的大道上，渾身的鮮血沸騰到了極點，面對兩千鐵甲騎兵瘋狂地奔來，他卻沒有絲毫避讓的意思。

衝在最前面的、衣著銀亮戰鎧的伊雷斯，見到天衣，狂喊道：「擋我者死，殺！」

手中彎刀似圓月一般脫手飛出，將虛空切割成一片雪亮的銀芒，帶著無匹的氣勢殺向天衣。

天衣一動不動，待彎刀飛至眼前，「鏘……」地一聲龍吟，腰間佩劍脫鞘而出，似出海的蛟龍，嘯叫著衝向飛至的彎刀。

「鏘……」刀劍相交，肅殺的氣浪震盪虛空。

受阻的彎刀迴旋飛至伊雷斯手中，他雖然驚駭，但座騎的速度絲毫不減，朝天衣奔來。

就在二千鐵甲騎兵距天衣僅有十米之餘，天衣一腳猛蹬地面。

嵌在地面的青石受到強大氣勁的衝擊，脫地而出，相接成一塊巨大的石壁鋪天蓋地般向蜂擁而至的兩千鐵甲騎兵撞去。

緊接著，天衣騰身而起，躍至半空，手中長劍揮出。

「嘯……」一聲尖銳的鳴叫，一柄長十米、寬半米的銀光巨劍劃破虛空，向兩千鐵甲騎兵橫劈而去。

那是天衣以強大的功力所驅動的巨劍，劍氣直竄長空，凜冽至極。

突然飛起的青石將疾馳在最前面的鐵甲騎兵擊倒數十人，而巨劍又將緊隨其後的數十人攔腰斬斷。

一時，戰馬長嘶，慘叫不絕，緊隨在後的鐵甲騎兵因前面人馬的死傷受阻，又有上百人因來不及停下速度，從馬上跌落而下。

片刻之間，兩千鐵甲騎兵已經亂作一團。

這時，躲避過天衣攻擊的隕星圖拖著彎刀，飛離馬身，疾劈向天衣。

刀劍齊鳴，兩人皆倒退十餘步。

隕星圖站定大喊道：「少帥帶領其他鐵甲騎兵衝向天壇太廟，這個人交給我！」

伊雷斯扶正了一下差點從頭上脫落的頭盔，調轉戰馬，對著隕星圖道：「那就麻煩叔父了！」接著又向身後的眾鐵甲騎兵道：「跟我來！」

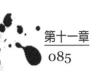

鐵甲騎兵不愧是雲霓古國最爲精悍的隊伍，雖然受阻，但轉瞬之間又陣容重整，隨著伊雷斯一聲大喝，如風一般疾馳而去。

天衣驚訝於鐵甲騎兵已經離去，卻又神不知、鬼不覺地潛回帝都，但此刻已不容他多想，長劍指向隕星圖道：「怒哈大將軍竟然敢潛兵帝都，難道你們想篡位謀反嗎？」

隕星圖冷笑道：「天衣大人現在說這話不覺得可笑麼？雲霓古國早就應該輪到怒哈大將軍來主持了，以聖摩特五世的昏庸無能，豈能再坐在皇位上？我們今天是順應民意，來替雲霓古國除亂反正！天衣大人如果識時務，最好棄暗投明，爲怒哈大將軍效力！」

天衣大喝道：「亂臣賊子，以你們兩千鐵甲騎兵還敢大言不慚，未免太不把我天衣放在眼裡了！我今天就讓你們見識一下我天衣到底是何許人！」

說完，天衣手中之劍激起陣陣氣浪，攻向隕星圖，其速快不可言。

隕星圖冷哼一聲，道：「冥頑不化，你以爲就只有兩千鐵甲騎兵麼？到時候你連自己是怎麼死的都不知道！」

說話之間，他的刀已經迎上了天衣的劍。

夜空中，刀來劍往，層層氣浪，道道寒芒，將夜空分解得支離破碎。

城頭之上，格諾站著欣賞下面的決鬥，一名禁軍走到格諾的身邊，道：「大人，下面那人好像是天衣大人。」

東區督察格諾冷眼回望了那禁軍一眼，道：「你是不是眼睛看花了？天衣大人現在怎麼會來這裡？況且，是天衣大人叫我們放怒哈大將軍的鐵甲騎兵進城剿滅叛逆的，他怎麼又會來阻擋？再說，天衣大人吩咐我們原地待命，不得輕舉妄動，難道你忘了嗎？」

那名禁軍還是顯得有些不解地望著下面與隕星圖決戰的天衣，道：「但是下面那人太像天衣大人了，簡直一模一樣。」

「鏘……」刀從格諾的手中彈射而出，割破了那名禁軍的咽喉，那名禁軍睜大著眼睛，不明所以地死去。

格諾這時大聲道：「所有將士聽命，天衣大人吩咐我們鎮守城門，不得輕舉妄動，所有不聽命令者殺無赦！」

與此同時，南城門、西城門、北城門也同時大開，每道城門都有身著黑衣、以黑色斗篷掩面的人進城，自每道城門進入帝都的大概都有兩千左右人馬。

與伊雷斯、隕星圖所領的兩千鐵甲騎兵的張狂不同的是，這些進城之人都有兩個特點：一是快，二是沈默。沒有人能夠分清他們到底是什麼人，也沒有人去問這個問題。

只有西城區的禁軍中有一人驚歎地發出了一聲：「怎麼這些人都像魔族之人？」

但是，當這名禁軍將這句話說出口的時候，他也死在了西區督察矢一的刀下。

三名奉天衣之命，趕往校場軍營調度四千禁軍的一級帶刀禁衛剛剛看到火光映照下軍營旗幟的時候，也同時看到了一個身材高大雄壯、身披黑色斗篷、長髮披肩之人。

三人的腳步不由自主地都停了下來，因爲這人身上散發出來自地獄般的陰暗殺氣，強烈得讓他們的神經都快崩斷了。

他們的手握在腰間的刀柄之上，不自覺間竟有些發抖！他們從來都沒有遇過這般散發強烈殺氣之人。

不，他不是人，他是魔鬼，只有魔鬼才有可能散發出這般令人窒息的殺氣，只有魔鬼才會讓人感到莫名的恐懼。

不，他不是魔鬼，他是比魔鬼還要厲害的魔主，暗魔宗的魔主驚天！

驚天緩緩回過身來，面向三人道：「三位深夜至此，何以如此匆忙呀？」

一名禁衛以顫抖的聲音道：「你……你是何人？爲……爲何擋住我們的去路？」

「我是何人？」驚天哈哈大笑道：「是啊，好久都沒有人能夠記得我的名字了，幻魔大陸都快把我驚天給忘了！」

另一名禁衛驚駭地道：「你是魔族暗魔宗的魔主驚天？」

驚天爽朗地笑道：「都一千年了，沒想到竟然還有人族的人記得我，難得，真是難得！」

三名一級帶刀禁衛不知用何種言語來形容自己的心情，他們怎麼都不敢相信，站在自己眼前的竟是一千年前陪同聖魔大帝征戰天下的三大魔主之一驚天！而此刻，他們卻又不得不相信，因爲驚天所帶給他們的壓迫氣息實在太強了，他們只知道站在驚天面前如同一隻螻蟻，甚至連螻蟻都不如。

驚天輕淡地道：「怎麼了？是不是聽到我的名字感到害怕了？其實你們不用害怕，大不了就是一死嘛，人活在世上總是要死的，何況你們人族的生命不過區區一兩百年，你們再活也活不了多長時間。」

一名禁衛這時大聲道：「出招吧，正如你所說，大不了一死！但我們絕對不容許魔族來侮辱我人族！我人族與魔族從來就是勢不兩立，我們絕對不會卑恭屈膝，向你低頭！」

驚天冷笑一聲，道：「倒是有一點骨氣，我驚天最是欣賞有骨氣的人。既然如此，你們自盡吧，我不想我的手沾上你們的血！」

另一名禁衛也鼓起了勇氣，既然無論如何都免不了一死，爲何不讓自己死得有些尊嚴？他道：「我人族豈可在魔族面前低頭？千百年來，人族與魔族戰爭不斷，人族何曾怕過死？我人族誓死與魔族戰鬥到底！」

他望了一眼兩個同伴，同時拔出了腰間的佩刀，刀在虛空中劃過一道淒豔的軌跡，向驚天砍去！

同時，首先發話的那名禁衛也拔出了腰中的佩刀，向驚天疾劈而去，刀勢虎虎生風，可謂十分凜冽。

驚天冷哼一聲：「自不量力！」

他信手拈花般手指輕彈，兩道黑色的氣勁射了出去，兩名禁衛連驚天的衣襟都沒有沾到，兩道黑色的氣勁便射穿了他們的大腦，生命頓時停止。

而令驚天沒有想到的是，就在他殺死兩名禁衛的時候，第三名禁衛卻從懷中掏出了一顆信號彈，射上了虛空，並且炸出五彩的火焰。

這是天衣分發給他們，在危急時發出全軍一級準備的信號彈。天衣早已預料到今晚必有不平凡的事情發生，所以提前做好了準備。

當三名禁衛相互對視一眼時，心中已有了默契，他們自知無法逃脫驚天之手，所以那沒有出手的禁衛利用驚天殺死兩名同伴的空隙發出了信號彈。

驚天怎麼都沒有想到，以他兩千年的閱歷，竟然被三個加起來也不足一百歲的小夥子給愚弄了，實是奇恥大辱！憤怒之下，驚天一掌揮出，那名發出信號彈的禁衛便化爲灰燼消失於夜空中。

而這時，不遠處的校場軍營響起了連綿不絕的警報聲，緊接著是軍隊調動時所發出的整齊有序的腳步聲，他們將會按照天衣事先的安排，在非常情況下作出非常反應。

天壇太廟。

聖摩特五世宣完同意三皇子莫西多與西羅帝國公主褒姒正式聯姻的旨意後，莫西多與褒姒同聲謝過聖摩特五世及雅菲爾皇后。

接下來按照多年來皇室繁瑣冗長的結婚禮節，平安無事地完成了各項相應的事宜。

莫西多春風得意，笑容燦爛。

褒姒這時卻在他耳邊道：「你似乎忘記了一件事。」

「一件事？」莫西多的樣子顯得不解，但他仍微笑著向不斷前來祝賀的文武百官和皇親國戚一一還禮。

褒姒沒有再說什麼，只是冷眼看著莫西多，眼珠一動不動。

莫西多這才仿若恍然大悟地道：「哦，對了，我是忘記了一件事。」

接著，他從座位上站了起來，示意眾人安靜。待眾人在觥籌交錯、歡聲笑語中靜下來時，莫西多大聲道：「各位，爲了表示本皇子對褒姒公主的愛慕之心和慶祝雲霓古國與西羅帝國結爲秦晉之好，在此，我有一件非常珍貴的禮物要送給褒姒公主，以示大家見證。」

說完，莫西多從懷中掏出了那只裝有紫晶之心的錦盒，並將之打開。

燦爛的紫霞光彩頓時耀亮了天壇上空。

眾人看到了有著真正的心一般律動的紫晶之心在錦盒內。

「天啊，紫晶之心！」眾人發出了足以使整個雲霓古國都震動的驚呼之聲。

連滿懷心思的聖摩特五世也不由得爲這奪目的紫晶之心而驚歎。

所有人都聽過有關聖魔大帝與紫晶之心的傳說，卻不想，今晚他們卻真真切切地看到了。

莫西多很滿意紫晶之心的出現所帶來的效果，滿含得意之情。

而站在莫西多身後的影子，感到那紫色的霞光照亮了他心底最深處的某一個角落，眼前的紫晶之心，彷彿是他失落了很久很久急待找回的心，是一種本該存在的失落了的記憶。

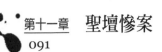

第十二章　以心化心

無數記憶的片斷湧上了心頭，影子想抓住看個真切，卻又一晃而逝，彷彿什麼都沒有，什麼都不存在。

影子雙手捧著自己的頭，感到了一種分裂的痛，深入骨髓，額頭上豆大的汗珠一顆顆往下掉，他強忍著不讓自己發出聲來。

與他並排站在一起的殘空小聲地問道：「你怎麼了？」

「痛！」影子艱難地吐出了一個字。

「痛？」殘空不解。

「頭痛，鑽心的頭痛！」影子道。

殘空不明所以，也幫不上什麼忙，只得道：「你忍耐一下，也許很快就會好的。」

此時，莫西多得意地道：「我想諸位都應該已經知道，這顆紫晶之心是聖魔大帝爲了送給心愛的女人的禮物，它是聖魔大帝採用九天的雲霓，並以自己一半的心煉化而成的，它代表著聖魔大帝對心愛女人的愛，也是對幻魔大陸人、神、魔各族的博愛。正是因爲有了這種不分彼此的博愛，聖魔大帝才能夠一統人、神、魔三族，讓幻魔大陸出現了從來都未曾有過的和平。因此，今晚，當著雲霓古國的文武百官、各國使節，以及幻魔大陸各位著名的人士之面，我要像聖魔大帝一樣，將這顆擁有博愛之心的紫晶之心送給我的愛妻褒姒公主，也送給雲霓古國，乃至整個幻魔大陸的子民。我會像愛我的妻子一樣，愛著幻魔大陸所有的人！」

莫西多的話說完了，而整個天壇卻沒有一點聲音，如果說有的話，也只有呼吸聲和心跳聲，此時，若是有一枚針掉在地上，也是細察可聞的。

莫西多的話，無疑是當著所有的人把自己當成了聖魔大帝，也就是說，他要像聖魔大帝一樣，主宰著整個幻魔大陸！

而此刻的莫西多，只不過是雲霓古國一個普通的皇子，這樣的皇子幻魔大陸多的是，更重要的是，現在雲霓古國的皇帝陛下是聖摩特五世，莫西多當著天下眾人的面說出這樣的話，儼然不把近在眼前的聖摩特五世放在眼裡，其狼子野心，昭然若揭。雖然眾人已經有了這種心理準備，但在事情沒有變成事實之前，沒有人敢率先表態。

「不……」這時，不知是誰吃多了撐著，放了一個響亮的屁，聲音很長，不是那種短暫、急促的屁，而且聲音類同於「不」字的發音，像是在否定莫西多所說的話，或者說，莫西多的話等同於放屁。

莫西多微笑著的臉立時如霜打的茄子，變得鐵青，他沈聲道：「剛才是誰、是誰在放屁！」

沒有人回答，幾乎所有人都把自己的屁股閉得緊緊的，生怕一不小心，在這個不合時宜的時候，讓自己的屁股漏出氣來。

「誰？到底是誰？馬上給我站出來，否則休怪我不客氣，誅殺你全家！」莫西多怒吼著，連他自己都不明白，爲何陡然間有著如此強烈的怒火，而且是爲了這樣一件來自人的生理本能之事。

怪只能怪這放屁之人把屁放的不是時候。

還是沒有人有一點反應，更沒有人承認這個屁是他放的，因爲他們知道那樣的結果唯有死！

聖摩特五世則高高地坐在龍椅上，沒有一點反應，他的樣子彷彿是半睡半醒一般，而對這種有損國家形象、有失皇者威儀的事情不管不問，抑或，他根本就不敢去管這件事。

褒姒則是實在無法容忍下去了，她怎麼都不能夠讓自己的丈夫爲了這樣一件事而大失威儀，這種表現應該是屬於販夫走卒的，怎麼會是堂堂雲霓古國的三皇子所爲呢？

褒姒感到無地自容，她冷冷地道：「三皇子這是在丟自己的臉，還是丟雲霓古國的臉？我可賠不起你丟這個臉，西羅帝國更賠不起！」

「哈哈哈……」莫西多大笑，他轉眼冷望著褒姒道：「是嗎？你賠不起嗎？可你別忘了，你已經是我的妻子，就算是丟臉，當妻子的也要陪丈夫一起丟！」

他轉而面向下面的眾人道：「你們說對嗎？」

還是沒有人敢出聲，而且幾乎所有人都把頭低得很低，生怕遇上莫西多那犀利的目光。

莫西多大喝道：「難道你們啞巴了嗎？怎麼不回答我！你們今天要是不回答，所有人都休想離開這裡！」

「鏘……」莫西多說完，拔出了身後靈空所佩之劍，一劍斬在桌上，桌子立時一分為二。

眾人的心不由得一驚，彷彿這一劍是斬在自己身上，特別是文武百官、皇親國戚及各國使節，內心更是顯得惶惶，不能安寧。

莫西多再一次問道：「你們說到底是不是？」

「是！」

天壇廣場上傳來了眾人無奈卻又是非常肯定的回答，而且非常響亮。

「哈哈哈哈哈……」莫西多狂笑不已，這才是他所要的，所謂的放屁，所謂的一個妻子是不是應該陪丈夫一起丟臉，都是為了一呼百應的感覺，一個皇者的感覺。他要向聖摩特五世證明，只有他莫西多才配成為一個真正的皇者，一個所有人追隨的皇者，也是在逼迫著聖摩特五世做出最後的決定。

正笑得十分得意之時，莫西多突然厲目掃向聖摩特五世，冷冷逼問道：「父皇認為我剛才的做法是否有失皇室威儀啊？」

聖摩特五世知道莫西多的矛頭終於指向了自己，他冷冷地道：「難道皇兒自己做的事情自己不知道麼？」

莫西多進一步逼問道：「皇兒自是不知，所以才要父皇作出一個公論，免得天下人認爲我狂放不羈，不把父皇放在眼裡。故而，在天下英雄和文武百官、各國使節面前，需要父皇明確地表示自己的意見。」

聖摩特五世沈吟不語，一時之間，他不知該如何回答，如果他認爲莫西多剛才所做有失國家威儀，則勢必導致莫西多馬上作出極端的反應，而這是莫西多所需要的；如果他認爲莫西多剛才所做並沒有使國家威儀掃地，那他在天下英雄和文武百官面前的最後一點尊嚴都丟盡了，從而屈服於莫西多的淫威之下，這也無異於將皇位讓給了莫西多。而這兩種情況，都不是聖摩特五世願意看到的。

雅菲爾皇后實在無法忍受莫西多如此囂張的氣焰，她厲聲質問道：「皇兒豈可對父皇如此無禮？你有沒有將父皇和母后放在眼裡？」

莫西多微微一笑，往前走近聖摩特五世及雅菲爾皇后的桌前，雙手按住桌面，望了望聖摩特五世，又望了望雅菲爾皇后，道：「我眼裡不都是父皇與母后麼？母后怎說皇兒沒將父皇與母后放在眼裡？母后可知道，皇兒不但將你們放在眼裡，而且一直將你們放在心裡，在心裡最重要的位置。」

就在莫西多走近聖摩特五世桌前的一剎那，站在聖摩特五世身旁的四十名死士兵團的禁衛都將手放在了腰間的佩劍上，隨時準備攻向有異動的莫西多。但在莫西多沒有異動的情況下，他們不敢有絲毫的反應，他們知道，一旦出劍，後果就不可收拾。

「大膽！」雅菲爾皇后一掌拍在桌上，桌上的酒水傾倒，溢滿整張桌面。

「大膽？」莫西多哈哈大笑，他轉身望向天下英雄和文武百官、各國使節，大聲道：「你們說我大膽嗎？」

「是！」眾人又同聲應道，這一次他們都有了先見之明。

莫西多大喝一聲，道：「好，既然所有人都認爲我大膽，那我就做出些大膽的事情讓大家瞧瞧，免得天下人笑我是膽小如鼠之輩！」

所有人都屏住了呼吸，他們知道，真正的戲已經開始上演了……

帝都東城門口的上空，天衣的劍與隕星圖的刀不斷地發出刺耳的鳴囂。

一時之間，兩人並不能夠立時分出勝負。

天衣的心緊縮成一點，他知道自己必須儘快取勝，時間的拖延無疑等於雲霓古國的毀滅。而且，他所命令調遣來此的兩千禁軍並沒有到來，也說明其中一定出了事。此刻，他唯一所能夠依憑的，便只有他自己！

天衣的劍猛地回收，脫離與隕星圖彎刀的糾纏。隕星圖見勢，雖然有些不解，但天衣撤劍之後所留下的空門，無論如何都是他必須把握住的。況且，以他的修爲，並不能與天衣作持久的對決，他必須儘快取勝！

隕星圖將自身的功力提至極限，手中的彎刀瞬間彷彿成了地上的彎月，與天上的銀月形成一種鮮明的對比。而他所擁有的氣機，更牽動了天上銀月的光芒彙聚於彎刀之上，綻放出如同銀月一樣的刺眼光芒，瘋狂地攻向天衣所留下的空門。

而天衣卻任憑空門大露，他的劍舉上了頭頂，全身的氣勢霎時如瘋長的魔焰，須臾之間盈滿周圍十丈的虛空，空氣頓時如同被灌了水銀一般，在城樓上觀看著這場決戰的禁衛感到了一種無法釋懷的沈重。

天衣全身的精神力與功力彙聚於劍上，長劍散發出太陽般的熾烈光芒，頓將隕星圖彎刀上的銀芒完全吞噬，並且把天衣的面目映照的異常清晰。

而在城牆上一直觀看兩人決戰的眾禁軍皆清楚地看到了天衣，眾禁軍同聲驚呼道：「是天衣大人！是天衣大人！」

四周的空氣這時已經變得熾熱難當，寂靜的夜空下突然劈下一道閃電，與天衣手中高舉之劍相接。

虛空之中頓時耀起無數銀蛇般的小驚電！

這是天衣所孕育的毀滅性的一劍，是天衣與朝陽決戰時使出，卻導致巨大的能量不能完全釋放而失敗的一劍！

此時，天衣冒著生命危險再次使出了這極具霸道、毀滅的一劍！

「破空之劍！」暴喝聲中，巨大的驚電向隕星圖疾劈而下。

而隕星圖卻因爲天衣接通天地間的巨大能量，瘋狂的氣勢竟然讓他那將功力運至極限的一刀不能發出，只得眼睜睜地看著天衣毀滅一劍的迎面劈來。

「轟……」狂風怒吼，萬物蕭然。

隕星圖竟然化爲煙霧，在這毀滅一劍之下蕩然無存。

天衣頹然單膝跪地，以劍拄地，支撐著身軀，口中氣喘吁吁，臉色極度蒼白。

這一劍幾乎耗盡了他所有的功力和精神力，內心感到了極度的空虛。

他記得師父空悟至空在傳他這一劍時曾強調過，以他目前的修爲根本就無法駕馭「破空之劍」，如若強行使出三次，必定會導致全身經脈盡爆而亡，而如今他卻已經使用了兩次。

「大人，天衣大人！」數十名禁軍將領湧向了天衣，他們看到天衣的樣子，關切地問道：

「大人沒事吧？」

天衣緩緩抬起頭來，他掃視了一眼圍在身邊的眾將領，卻沒有發現東區督察格諾。

天衣道：「格諾呢？」

一名將領回答道：「當我們看清是大人時，他卻不見了。」

天衣緊握著拳頭，手指關節發出劈啪響聲，狠狠地道：「他這個叛徒！」

「大人，到底發生了什麼事？」

天衣此時已經無暇顧及格諾，他從地上站了起來，大聲道：「全體禁軍聽令，格諾通敵叛國，現在逆賊入城，所有人隨我至天壇保護聖駕！」

而在這時，一支約一千人左右的黑色方陣，踏著整齊的步伐向天衣這邊走來。

在黑色方陣的上空隱隱散發著黑色的戾氣，所有禁軍的心不由得緊縮在了一起。他們心中升起一種強烈的不祥預感，呼吸急促。

黑色方陣不動聲色，只是沈默地向天衣這邊逼近。他們的頭上、身上皆被黑色的斗篷所遮蓋，看不清他們的面目，而在每一黑色斗篷下面，卻有兩隻懾人心魄的眼睛，散發出幽藍色的光芒，透著令人窒息的魔意。

在所有禁軍的腦海中，都有著有關魔族的傳說，而他們此刻眼中所看到的，正是小時候聽老人講述的魔族出現時的特徵，所有一切完全吻合。

眾禁軍體內立時湧起天性的戰鬥之血，湧起了遇到天敵的殺念。

手，皆緊握在與他們生命連成一體的兵器上，他們都在等待著天衣的一聲令下，等待著與魔族的瘋狂廝殺。

天衣的全身注滿了力量，就在一剎那間注滿了力量，這是超越身體極限的一種表現，是一種恨，一種仇，一種殺，沒有任何其他的理由。

魔族與人族勢不兩立，兵戎相見，是幻魔大陸亙古不變的定律。就算是聖魔大帝時期，所謂的和平共處，只是建立在一些有規則的範疇內，並沒有解決人族與魔族世代積累下來的仇恨。因此，聖魔大帝一消失，人、神、魔三族又是連年混戰，直到維持現在這樣一個表面看來平靜的局面。

此刻，天衣表現得異常平靜，聖摩特五世所擔心的事情終於發生了，整個幻魔大陸，都會以雲霓古國今晚爲導火線，重新燃起人、神、魔三族大戰，平靜了數百年的幻魔大陸將會又一次沐浴在戰火之中。

所有禁軍都自覺整齊地排列在天衣的身後，等待著天衣的一聲令下。

近了，魔族的人已經近了，天衣眼中彌漫著殺意，緩緩舉起了自己的左手，手勢一揮，「殺！」傳出了人族將士震天的喊殺聲。

天衣手持長劍，第一個衝進了魔族整齊的方陣當中，緊接著，人族與魔族混戰在了一起……

這時，當天衣派去的三名一級帶刀禁衛分別趕到南城門、西城門、北城門時，魔族已經對各城門的禁軍發起了進攻，同樣的喊殺聲在夜空中迴盪。

刀光劍影，鮮血四濺，整個皇城帝都成了一片血的海洋……

天壇太廟。

在天下英雄、文武百官及各國使節的等待中，莫西多臉上浮現出冷酷的笑，他的目光巡視著站在聖摩特五世身旁四十名死士兵團的禁衛。

最後，他輕描淡寫地對月戰、靈空、殘空及影子道：「這些人就交給你們了。」

影子的頭痛似乎也好了，因爲莫西多已經將裝著紫晶之心的錦盒關上，但莫西多並沒有將紫晶之心掛在褒姒的脖子上。

月戰、殘空、靈空及影子四人向那四十名死士兵團的禁衛走去。

他們的表情冷淡，速度不急不慢，但眾人的心都隨著四人的腳步而懸得愈來愈高。

是的，等待的事情終於爆發了，誰也不知道會出現怎樣的結果。

從人數上看，莫西多不佔優勢，但沒有人敢說莫西多會輸，也沒有人會認爲聖摩特五世所精心調養出的死士兵團都是一些無能之輩，一切只待結果出來之後才能見分曉。

聖摩特五世仍只是沈吟著，沒有說任何話，也沒有任何表示。但雅菲爾皇后卻是怎麼也忍耐不住，她大喝道：「你們知道自己這是在幹什麼嗎？你們這是在造反！」

但她的話並沒有人能夠聽得進去，只是孤獨地在天壇上空迴響著。

四人的腳步依舊。

「鏘……」四人手中的劍拔了出來，同時騰躍而起，衝向了那四十名死士兵團的禁衛。

劍與劍交接在了一起，劍與身體交接在了一起，劍與鮮血浸染在了一起，劍與生命緊緊連繫在了一起……

虛空中綻放著鮮紅淒豔的花團，衣服印染了美麗的圖案，臉龐被鮮紅所灑滿，鼻中充斥著一陣一陣的刺激。

莫西多的臉很燦爛，文武百官的臉很驚駭，落日、傻劍等人的臉很平靜，影子四人的臉很木然，四十名死士兵團的禁衛臉上是死不瞑目，雅菲爾皇后已經不敢睜開自己的眼睛，而聖摩特五世則是沒有表情……

一種對比的極端充分說明了一切。

人們說，這個世界是殘酷，其實這句話並不準確，應該說，這個世界上人性是殘酷的。因爲所有的人都喜歡把自己的快樂建立在別人的痛苦之上，抑或是除己之外，對其他生命的漠視。所以，這個世界上從來就不曾斷絕過殘殺。

當最後一縷鮮血灑上虛空，又從虛空落下地面之時，天壇太廟的上空有著死一般的靜。

而地上是血，是分解了的屍體，是痛苦的、沒有閉上的眼睛。

四柄劍回鞘，重新站在了莫西多身後。

聖摩特五世還是沒有表示，連他臉上沾滿的一滴滴鮮血也沒有去擦拭。他似乎忘了，這是他的天下，還有鎮守著天壇太廟的魔法神院的人，還有四大執事。

沒有，他什麼都沒有表示，但是，就是因爲他這沈默的、一言不發的態度，讓人不知道聖摩特五世到底在想什麼。或者，他已經有了應對策略，只是在等待時機，抑或他根本就沒有還手之力，所以乾脆什麼都不表示。

第十三章　帝位之爭

所有人都猜不透聖摩特五世，連莫西多的臉上也不再掛著春風得意的笑容，所有人都在揣測著聖摩特五世的心思，所有人都沈默著，就像是死去的四十名死士兵團的禁衛一樣。

曆書有云：十五，宜祭祀，宜出門，宜婚娶，乃大吉之日。也許，這個大吉之日是藏在心裡不可言表的吉日，是不足爲外人道的。抑或，這樣的吉是需要用血祭奠的，只不知今日會是誰的吉日，唯一可知的是，今天不是已死去的四十名死士兵團中人的吉日。

這時，不知怎的，本來明朗萬分的夜空，不知何時飄來一朵烏雲，遮住了月亮的光華。天壇太廟一下子暗了下來，但幸好有著四處燃亮的火光，不至於什麼都看不見。

莫西多的臉上又浮現出了笑容，是一種果斷做出決斷後的笑容。事已至此，他唯有將事情推到最高潮，他不相信聖摩特五世還能夠保持沈默。

莫西多低著頭，走到聖摩特五世的面前，道：「父皇，有一件事情想跟你商量一下，不知父皇願不願聽？」

沒等聖摩特五世回答，抑或莫西多知道聖摩特五世不會回答，他繼續道：「既然我與褒姒公主已經成親，又獲得文武百官和天下英雄的擁戴，而且現在大皇兄被你賜死，二皇兄犯了律法，我幫你殺了，目前，你只剩下我這麼一個皇兒。如今你也已經老了，若是再理朝政，精力定有所不足，你是不是趁我大婚之喜及祭祀先祖的日子，當著天下英雄、文武百官之面，禱告先祖，將皇位傳於我？」

天壇上空依然很靜。

聖摩特五世望向莫西多，終於開口道：「你要父皇傳位於你？」

「正是。」莫西多含笑道。

聖摩特五世道：「可是按照雲霓古國列代先祖傳下來的規矩，皇位只能傳給長子，而且，我已經立了你大皇兄古斯特爲儲君。」

莫西多面帶笑意地道：「可是大皇兄被你親手賜死了，如今的雲霓古國只剩下我這一個皇子，你理應將皇位傳於我，難道不是嗎？」

聖摩特五世道：「可是你的大皇兄古斯特並沒有死。」

此話一出，那些不知情的文武百官及天下英雄一片哄然，對他們來說，事情已經有了峰回路轉的跡象。

莫西多道：「哦？大皇兄沒死？我怎麼不知道？那他現在在哪兒，父皇能告訴我嗎？父皇不會是在騙我的吧？」他語帶諷刺地拋出這許多疑問。

聖摩特五世道：「他就在天壇。」

「天壇？父皇不是在開玩笑吧？如果大皇兄在天壇，怎麼天下英雄和文武百官沒有一人認出他來？父皇說笑了，想不到父皇竟是一個如此幽默之人。」莫西多笑著道，他就是在等待著聖摩特五世指出影子乃是古斯特的身分。

果然，聖摩特五世指著影子道：「他，就是你的大皇兄古斯特！」

文武百官及天下英雄一片愕然，從影子的長相來看，絲毫找不出是古斯特的憑據，況且天下英雄都知道，此人是迅速崛起的遊劍士朝陽，是莫西多新納的門客。

莫西多更是大笑，道：「父皇是不是老糊塗了？怎麼隨便指一個人說是大皇兄？整個帝都的人都認識他，他是新近崛起的遊劍士朝陽！」

聖摩特五世平靜的表情以近乎哀求的目光望向影子，道：「我和雲霓古國都在等待著你的回答。」他的全部希望似乎都寄託在影子身上。

莫西多也把目光投向影子，道：「告訴父皇，你是誰。不過你別說錯了話，說錯了話是要付出代價的。」

所有人的目光也都望向了影子，褒姒的眼中亦顯出不解之色。

影子緩緩抬起了自己低垂的頭，而他卻道：「三皇子不是要將紫晶之心送予褒姒公主麼？怎麼不見你將之送給她？我想三皇子不是要當著文武百官和天下英雄的面失言吧？」

所有人爲之一愣，誰也沒有想到影子這時會說出這樣一句話，更沒想到影子竟以這種囂張的口氣與莫西多說話，而褒姒心中卻湧起了一種複雜的感情，她清晰地記得，影子說過要把她當作朋友。

莫西多一時之間也愕然不已，但他很快讓自己回復了平靜。他知道以自己的智慧，並不能夠贏過影子，道：「當然，我不會在文武百官和天下英雄面前失言，更不會對自己的妻子失言！」

莫西多說完，重新打開錦盒，天壇上空又是紫霞漫天。

影子的頭再一次開始痛了。

莫西多走近褒姒，取出紫晶之心。

褒姒的心緊張得快要跳出來了，她終於擁有了夢寐以求的紫晶之心，她終於可以擁有少年時的夢想。

在眾人的注視下，莫西多將紫晶之心戴在了褒姒的脖子上。

誰也不會想到一個女人可以如此美麗，如果說先前的褒姒是驚豔絕倫的話，那麼現在的褒姒則是無法用言語來形容她的美，她只是沈澱在人們心裡不敢觸摸的一種感覺，需頂禮膜拜，需全心全意地將之供奉起來，是神一般的人。

眾人都屏住呼吸，生怕呼吸大一點就會驚擾這種美。

莫西多望向影子，而他卻看到影子雙手抱頭，神情極度痛苦。

他感到不解，但他馬上又想起了影子體內的天脈，想起了聖魔大帝，想起了聖魔大帝與紫晶之心的關係，他彷彿明白了些什麼，卻又似乎更爲糊塗了：爲何影子會甘願忍受著紫晶之心給他帶來的痛苦？

「難道是爲了褒姒？」莫西多覺得不像。

「難道是爲了他自己？抑或紫晶之心讓他記起了什麼？」這一個念頭讓莫西多感到了害怕。

他連忙讓褒姒將紫晶之心放在了衣襟內，紫霞之光立時大斂。

莫西多再望向影子，發現影子的臉除了蒼白外，不再見剛才痛苦的表情。

莫西多更堅持了心中的猜測，也意識到紫晶之心對影子的重要性。他知道自己絕不能讓影子得到紫晶之心，雖然他以爲現在的影子尚受控於他，但他也知道有些事情以人力是無法控制的。

聖摩特五世也注意到了影子剛才的表情，其實在第一次，聖摩特五世便看到了影子的反應，這也證明了歌盈所說過的話。

影子重新抬起了自己的頭，他道：「你們剛才不是在等待著我回答陛下所提出的問題麼？」

眾人的注意力又聚集到了影子是不是大皇子古斯特這個問題上。

影子道：「我現在就可以回答陛下及諸位：我，不是什麼大皇子古斯特，我只是一個遊歷於幻魔大陸的遊劍士，我的名字叫朝陽！」

聖摩特五世充滿期待的心一下子崩潰了。

也許，這就是他的命，他逃不過自己的命。

莫西多對影子的回答很滿意，他笑了，今天他總是在笑，彷彿他的臉只剩下笑這一種表情，不再有其他。他面向聖摩特五世道：「父皇，我知道你年紀大了，記性不好，難免記錯事情認錯人，只要你將皇位傳於我，你便可以安享天年了。」他轉而以鋒利的目光逼視著眾人道：「你們說是嗎？」

眾人是沈默的，這種太過明顯的逼迫，讓他們的嘴巴不敢輕易地吐出一個字。

莫西多沒有強求眾人的回答，他又轉身對著聖摩特五世道：「我聽到了他們心裡說是。」

聖摩特五世痛苦的表情突然變得十分堅決，道：「你想逼我退位，除非你現在將我殺了！」

莫西多臉上的笑變得有些僵硬，他道：「父皇何必如此固執呢？太過固執的人往往連死都不會有什麼好下場的。」

聖摩特五世肥胖的身子一動不動，顯得異常平靜地道：「那你就將我殺了吧！」

莫西多的眼睛陡地射出凜冽的寒芒，厲聲道：「你以爲我不敢殺你嗎？」

聖摩特五世沒有回答，他閉上了眼睛，彷彿是在等待著莫西多殺他。

莫西多忿忿地道：「你夠狠，不過，我有辦法對付你，我早就爲你準備好了一切！」

莫西多看著聖摩特五世，身子往後倒退，待他退到影子面前時，突然轉過身來，對著影子的耳朵，用那種壓抑的、變態的聲音道：「我要你替我去向父皇問聲好。」

影子望著莫西多，平靜地道：「現在嗎？」

莫西多道：「對！」

影子繞過了面前的莫西多，逕自向聖摩特五世走去。他的腳步很快，邊走邊將劍拔離出鞘。

天壇廣場上的文武百官、皇親國戚、各國使節以及天下英雄都睜大了眼睛，看著拔劍的影子向聖摩特五世走去，他們沒想到莫西多竟然真的敢對聖摩特五世下手，而且是當著天下人的面。

月戰、殘空、靈空、褒姒、落日、傻劍、斯維特也對莫西多如此大膽的做法感到不解，就算他因此而得到皇位，也會永遠背上弒父篡位的罪名。莫西多是一個聰明人，他怎麼會如此做呢？

當影子的距離與聖摩特五世只隔一張桌子的時候，聖摩特五世開口道：「你已經想好了？」

影子微微一笑，沒有回答，他手中的劍卻揮了出去。

聖摩特五世眼中只看到一道寒光閃過，隨即便感到有什麼東西從身體裡流了出來。接著，他什麼感覺都沒有了。

「啊……」血噴了雅菲爾皇后一頭一臉，她發出一聲短促的慘叫，便昏了過去。

誰也不曾想到聖摩特五世便這樣簡單地死去！

莫西多走上前去，他低下身子看了看被一劍刺穿胸膛的聖摩特五世，用手在聖摩特五世肥胖的臉上拍了拍，道：「要是你肯答應將皇位傳於我，你就不用死得這麼早了。可惜，一個人年紀大了，頭腦往往反應不過來。」

說完這話，莫西多又站了起來，對著影子道：「皇兄幹得不錯，一劍致命，乾淨俐落。」

接著，他大聲地對著天壇廣場上的眾人道：「你們想不想知道這個殺死聖摩特五世的人是誰？」

沒有人出聲。

莫西多大聲道：「父皇說的沒錯，我可以告訴你們，他就是大皇兄古斯特，是那個曾經被父皇賜死的古斯特，是他親手殺死了父皇……」

此言一出，天壇廣場下面很靜，但眾人還是不敢相信影子便是古斯特，認爲莫西多是在愚弄他們，如果影子真是古斯特，他又怎麼會殺死聖摩特五世呢？

莫西多似乎知道眾人這時心裡所想，接道：「你們一定很奇怪，為何是古斯特，卻又要殺死父皇，以為我一定在騙你們，現在我就讓你們看看他的真面目！」

莫西多替影子理了理頭髮，去掉他臉上不屬於他的、那些多餘的、裝扮成遊劍士的東西。

眾人驚呆了，就連褒姒、月戰、殘空、落日、傻劍……都驚呆了，他們看到了一張不屬於朝陽，但又與朝陽有幾分相似的臉，而認識古斯特的斯維特及文武百官、皇親國戚怎麼都不敢相信自己的眼睛，他們懷疑是自己的眼睛看花了，使勁地揉著自己的眼睛，但結果卻是，他們並沒有看花。

而古斯特為什麼要聽命於莫西多殺死聖摩特五世呢？這是眾人心裡的疑問。

天壇廣場由驚呆了的寂靜，變成了鋪天蓋地的譁然。

莫西多終於看到了自己希望看到的場面，他的心感到從未有過的興奮，如今天下就是屬於他的了，可是……

莫西多興奮的心急劇收縮，一股澎湃洶湧至極的殺氣刺向了他的背心，他彷彿看到了影子陡然充滿殺機的眼睛。

莫西多心中頓時默念咒語：「以生命締造的契約，服從於主人的使命……」

「破！」莫西多大喝一聲。

影子彷彿突然死去，頓時倒在了地上。

但莫西多沒有想到的是，潛藏在影子這股殺機背後還有一股更強的殺機已經將他完全包裹，在完全出乎他意料之外的情況下，一柄劍刺穿了他的心臟。

那是聖摩特五世的劍，他竟然沒有死！

莫西多痛苦的臉不解地道：「怎麼會……你怎麼會沒有死？」看著聖摩特五世肥胖的臉，他簡直不敢相信自己的眼睛。

聖摩特五世肥胖的臉上那雙小小的眼睛顯得極爲有神，冷哼道：「我又豈是這麼容易便死去的人？我一直都在等待著，在等待著這個機會的到來，我的死是表演給你看的，就是爲了在你心神疏忽之時給你這致命一擊！」

莫西多道：「原……來你……和他早已設計好了這一切……」

聖摩特五世冷笑著，然後道：「只有在我死的時候，只有在你最得意的時候，機會才能夠到來。事實上我早已料到，你會讓你大皇兄來殺我，所以我才會將計就計！一切只能怪你太過狂妄，太過得意忘形！」

莫西多道：「看來……我確實是低……低估了你。」

站在天壇廣場的文武百官及天下英雄，一時之間都不明白到底發生了什麼事，只是看到莫西多正在得意地揭露影子身分的時候，聖摩特五世莫名其妙的又活了過來，並將劍刺穿了莫西多的胸膛，而他們眼中的古斯特卻又不明所以地倒在了地上。

這一切實在是發生得太快，讓眾人一時回不過神來，不知所措。

第十四章 意料之外

現在的這種局面無論如何是出乎眾人意料之外的，誰也不曾想到剛才狂妄至極的莫西多竟然會中了聖摩特五世預先設計的計謀，聖摩特五世城府之深實在令人歎服。

莫西多深深地吸了一口氣，他知道自己敗就敗在剛才以爲只是影子突然發出襲擊，所以只是採取了對影子的控制，卻沒料到聖摩特五世又活了過來。他強忍住利劍穿破胸膛的疼痛，道：「父皇以爲這樣便可以贏麼?那你也未免太小看我了！」

說話之間，莫西多右手突然凝成一團黑氣，一拳猛地向聖摩特五世攻去，其速快如驚電，力道更是狂猛至極。

聖摩特五世神情一愣，身形急忙閃避。

誰也不曾料到，以聖摩特五世如此肥胖的身軀，反應起來居然迅捷無比，如此近的距離，竟被他躲過，但他手中之劍來不及抽回，已經脫手。

莫西多拔出穿胸之劍。

鮮血四濺！

莫西多忍住疼痛，連忙封穴止血。

眾人驚駭，利劍刺穿胸膛，莫西多竟然不死，還有還手的餘力。

而聖摩特五世更深切地知道，剛才莫西多尚能以拳凝煉黑氣，說明他還有極強的生命力。聖摩特五世知道，必須趁莫西多元氣尚未恢復過來時，快速將之殲滅，否則後果不堪設想。

思及此處，聖摩特五世右腳橫掃地面，十幾柄那死去之禁衛的劍似乎受到一股無形力道的牽引，彷彿有了生命一般，向莫西多疾射而去。

十幾柄劍形成一張交錯相接的嚴密劍網，凜冽至極。

莫西多剛才是強忍著氣血暴泄的危險，強行轟出一拳，此時已是氣血不濟，衰弱至極，如何能夠再擋聖摩特五世這凜冽的攻勢？

他望向月戰、殘空、靈空，喝道：「你們給我上！」

月戰、殘空、靈空三人同時出劍。

而有所不同的是，靈空是攻向聖摩特五世，而月戰與殘空的兩柄劍則是刺向莫西多。

莫西多驚駭欲絕，倉促之下，隨地一滾，險險閃過兩劍的致命攻擊，但左臂與右腿不可避免地同時中刺。

這時，靈空已與聖摩特五世激戰在了一起。

莫西多道：「你們這是幹什麼？你們不是答應過替我殺死父皇的嗎？」

月戰道：「是聖摩特五世陛下讓我輸給你的，也是他讓我們在這個關鍵時候來對付你的，一切都是事先安排好的！」

莫西多道：「原來我又一次被你們給騙了，我還以爲你們僅僅是爲了褒姒公主。」

月戰道：「我確實是爲了褒姒公主，但這是褒姒公主安排我這樣做的，她讓我與聖摩特五世陛下合作。」

莫西多望向褒姒，道：「看來我是蠢到家了。」

殘空道：「那你就去死吧！」說完，他手中之劍如毒刺一般向傷痕累累的莫西多刺去。

而月戰手中之劍也隨後攻至，他的劍勢所指範圍，完全彌補了殘空劍勢的遺漏，也就是說，如果莫西多可以僥倖躲過殘空的攻擊，也絕對沒有可能避開月戰的劍。

莫西多沒有動，彷彿他已經知道自己必死無疑，因此根本就不作無謂的掙扎。

但莫西多真的就這樣束手待斃嗎？

就在殘空之劍即將刺中莫西多的一剎那，一道幻影破空而至。

強大的精神力使殘空與月戰所有的攻勢頓時土崩瓦解，他們的劍再寸進不得。

因爲他們感到全身都毫無遮攔地暴露在別人的攻擊之下，只要他們的劍再寸進一步，兩人的生命也將終結。

「好強悍的高手！」月戰與殘空心中同時驚呼。

這時，在莫西多的身邊，已經多了一個全身上下無一處不透著黑的黑衣人，長髮遮住了他的面部。

此時，靈空也退到了莫西多身邊。

莫西多望著聖摩特五世等人，厲聲道：「你們以為我就完全信任你們麼？我就是要等著你們完全暴露自我！現在，我完全清楚你們的底牌，而我所真正擁有的實力，你們又知道多少？」

此言一出，不亞於對聖摩特五世當頭一棒，自己苦心積慮所安排的一切，卻被莫西多以苦肉計全部暴露出來，所有一切的底牌都攤在了桌面上，而莫西多所擁有的真正實力，卻只看到冰山一角。

單在智慧的較量上，聖摩特五世已經輸了一籌。

「現在，我就讓你們見識一下我的真正實力！」莫西多狠狠地道，隨即又暴喝一聲：「我的戰士們，出來吧！」

「嗖……嗖……嗖……」數道黑影劃破虛空。

隨即，與莫西多身旁的黑衣人一樣的人，將聖摩特五世、月戰、殘空，還有褒姒公主包圍在了中間，有九人之多，加上莫西多身旁的黑衣人正好是十人。

而此刻的影子躺在地上還沒有醒過來。

莫西多這時望著褒姒道：「我沒想到自己的妻子聯合外人一起來算計我，我今天真是長了見識了！」

褒姒平靜至極地道：「你應該知道我爲什麼會與你成親，我當然是爲了紫晶之心。但我又不能容忍你成爲我的丈夫，因此，我只有與聖摩特五世陛下合作，將你除去，才能夠在得到紫晶之心的情況下，與你沒有任何關係。」

莫西多冷冷一笑，道：「你倒是直言不諱，毫不隱瞞自己心裡的真實想法。」

褒姒卻反問道：「我爲什麼要隱瞞？難道我害怕你殺我麼？」

莫西多道：「我當然知道你不怕，但你所設想好的一切都會落空，你最終什麼也得不到，包括紫晶之心！」

褒姒道：「你這話未免說得太早了些，到目前爲止，還沒有任何跡象說明你一定會贏！」

「哈哈哈哈……」莫西多大笑，他把眼睛投到聖摩特五世身上，道：「父皇也認爲我一點贏的跡象也沒有麼？」

聖摩特五世冷哼了一聲。

莫西多道：「我勸父皇還是放棄這無謂的掙扎，傳位於我，說不定我會大發慈悲，饒你不死。」

聖摩特五世道：「你休想！就算是死，我也要與你戰鬥到底！我要天下人看看你是如何弒父篡位，居心叵測！」

莫西多大笑，他望向褒姒道：「看看，連父皇都已經沒有了信心，難道公主還認爲自己會贏？」

褒姒傲然道：「我從來都對自己充滿了自信，但從來也不會盲目的自信！」

莫西多道：「我實在是看不出公主的自信在哪兒。好了，我不想在這個問題上再與你糾纏，我給公主一次機會，如果公主現在悔改還來得及。」

褒姒不屑地看了莫西多一眼，道：「也許你並不知道，本公主從來沒有做過後悔之事。」

莫西多道：「好！既然如此，那我也就不必再有過多無謂的操心了。」

這時，天壇外傳來了喊殺聲和無數金鐵交擊之聲。聲音強大至極，震人耳鼓，至少是幾千人在同時廝殺，才會有這種驚天的巨響。

天壇太廟內，所有人的注意力都被外面響徹夜空的聲音所吸引，他們不知道外面發生了什麼事，也沒有人進來稟告。

但眾人的心已經有了惶惶不安之感。

聽到這聲音，莫西多卻笑了，十分興奮的笑了，他知道是怒哈大將軍的那兩千鐵甲騎兵已經殺到了，與守護天壇太廟的魔法神院弟子發生了激戰。而他們來得如此及時，連他心中對魔法神院唯一的擔心也去除了。

莫西多興奮地道：「真是上天也在幫我，把他們全部給我殺死！」

莫西多右手第一個指向聖摩特五世！

與此同時，天壇外，誠如莫西多所說，是伊雷斯所率領的兩千鐵甲騎兵與魔法神院的弟子在戰鬥。

但莫西多只說對了一半，另一半是，又有兩千禁軍在接到那名死去的一級帶刀禁衛一級警戒的信號後，按照天衣預先的安排，趕到了天壇外，匆忙救駕，而他們這時又遇到了一千左右的魔族戰士。

是四股力量混戰在了一起，才有著這震耳欲聾的聲音。

而此時在東西南北四區，混戰依舊，只是匆忙應戰的禁軍，顯然處於極爲不利的狀態，因爲南、西、北三區的督察已經叛變，只有東區天衣所領導的禁軍還在頑強抵抗，但魔族戰士是如此強悍，那些禁軍所剩下的保家衛國的精神意念，是他們戰鬥至今的唯一精神支柱。

此時的天衣在瘋狂地屠殺之後，以疲憊至虛脫的身軀，遇到了暗魔宗驚天麾下的無風。

整個東區禁軍，此時已剩不到一百人，而魔族戰士損失則是不過一百，看來今天對於天衣，已是在劫難逃……

天壇太廟內。

就在莫西多發出「殺」的指令時，卻沒有一個人動，而站在莫西多身邊那長髮遮面之人卻道：「我認爲，要想殺死聖摩特五世，只得憑藉你個人的力量。因爲只有你親手殺了他，才有資格證明你能夠成爲雲霓古國的新一代帝皇！」

語氣猶如冰雪世界裡的頑石，堅硬得讓人發冷，更不能讓人產生拒絕之感。

莫西多心中一緊，卻又強硬地道：「你是何人，竟敢如此與我說話？」

一縷夜風吹過，掀開了遮住那黑衣人面部的長髮，露出的是驚天的面容。

驚天什麼話也沒有說，只是用斜斜的眼睛看了一眼莫西多。

莫西多不由得全身都打了一個冷戰，更不能說出任何一句話，心中卻不知道這個人到底是誰，以前他也從未聽說過有這麼一個人。

褒姒也感到了一股強悍至極、排山倒海般的精神力，以她對精神力的專修，除了師父天下之外，還從未見過有人只是看了別人一眼，便能有如此強的壓力。

殘空、月戰、聖摩特五世也感到了一種無以形容的壓力，心中紛紛猜測此人是誰，爲何敢以如此口氣跟莫西多說話。

但眾人心中都隱隱有了一種無形的感覺，莫西多只不過是一個跳樑小丑，而真正主宰今晚這場遊戲的，便是這身材高大、長髮披肩的黑衣人。

莫西多不得不道：「好，那就讓我來親手殺死聖摩特五世，以證明我才是雲霓古國最有資格成為帝皇的人！」

驚天退到了一邊，另外九名黑衣人也退到了一邊。

聖摩特五世對褒姒道：「多謝公主相助，現在，就讓我獨自來面對吧。」

褒姒點了點頭，往一旁退去，月戰、殘空也隨即退至一旁。

眾人也都知道，這是兩人之間的戰爭，雖然莫西多中了三劍，但聖摩特五世想贏，似乎是沒有可能的，結局其實早已預定好，這只是一場表演。

但結果儘管如此，聖摩特五世還是必須獨自承受這一場決戰，這是一個皇者的尊嚴，為了雲霓古國，他也必須在這已經決定的結局裡面尋找著新的契機。

文武百官及天下英雄在不明所以之中，看著兩父子之間即將開始的決戰。

在舉行婚典的那一片空地上，聖摩特五世與莫西多已經形成了對峙之勢。

空氣中流轉著有形的氣流，在兩人之間形成了彷彿磁場無形之力作用下的運行規則。

兩種無形之力在相互作用下開始彼此滲進，那有形氣流的運行速度也在慢慢加快，漸漸地，開始變得瘋狂，竟然將無形的空氣也捲入其中，形成飛速流轉的氣團，夾雜著塵埃。

兩人的身形也被這流轉的氣團所淹沒，時隱時現，不辨其行跡。

而氣團外面的桌椅受到無形之力的影響，開始移動，桌上的杯盞猶如篩中的麥粒般，不停地顫抖著。

驚天及褒姒等的長髮及衣襟開始拂動，而插在四周的旌旗開始發出獵獵的響聲。

文武百官及天下英雄感到了呼吸有所不暢，彷彿空氣都被聖摩特五世及莫西多所形成的無形氣團不斷吸走。

眾人知道莫西多的武技精神力修爲深不可測，卻沒想到聖摩特五世也有著足以與之抗衡的修爲，在氣勢前奏的對決之中，絲毫不弱。

而莫西多所散發出的氣勢，似乎並沒有因爲有傷而有所減弱。實際上，對莫西多影響最重的那刺穿胸膛的一劍，經過體內功力的修復調節，已讓他經脈運行自如。因此，對他來說，對決聖摩特五世，並沒有絲毫受重創的懼意。

就在氣團飛旋速度愈來愈快、不斷擴散之時，一道匹練泛著森寒之光將氣團從內到外一分爲二。

狂泄的勁氣猶如朝水一般肆掠，席捲整個天壇廣場，所向披靡。

而就在這時，眾人亦看到，聖摩特五世手中之劍暴射出一丈多長的劍芒刺向莫西多。

運動之中，聖摩特五世與劍竟然融合在了一起，耀出非常刺眼的光芒。

眾人所見，只是一柄充滿殺意的巨劍，不再能夠看到聖摩特五世的身形。

他的人已經化爲劍，人劍合一。

而這劍，更有著睥睨天下的皇者霸氣，隱現著金芒，儼然是劍中之皇。

這劍所散發出來的氣勢，讓有劍之神殿之稱的暗雲劍派派主殘空也心歎不已，以殘空對劍道的研究，劍貴不在劍術，而在劍的氣質。能將皇者之威融入劍中，做到人劍合一，其殺人的不是劍，而是劍氣——劍的氣質！

這樣的劍已臻「無」的境界，其殺也不是眼睛所看到的劍招、劍勢，而是劍中之皇的皇者霸氣在殺人。這是一種類同於精神力攻擊，卻又不同於精神力攻擊的劍術。

眾人眼睛看到的巨劍攻向莫西多只是一種外在的氣勢，真正的殺招只有身在其中的莫西多才能更為深刻地體驗到。

莫西多當然能夠清晰地感到劍中之皇所透出的霸殺之氣，這種無形壓力讓他不敢對這疾速逼至的巨劍存有輕易的舉動，他必須找出聖摩特五世劍中的破綻，也即這皇者霸殺之氣的隱匿殺意。

然而，隨著這柄巨劍的一寸寸推移，他卻根本找不到什麼破點，而此時的劍已經迫在眉睫，不得不讓莫西多有所反應。

到此時，莫西多也認識到了何為深藏不露，他一直都對保持忍讓姿態的聖摩特五世有著錯誤的估計。

第十五章　霸殺之氣

強盛的劍芒一下子將莫西多吞沒，隨即劍也刺中了莫西多。

就在這一剎那，一股黑氣將隱含金黃之光的劍芒吞沒。

整個天壇上空也由於這股突然出現的黑氣而變得一片漆黑。

緊接著，黑暗之中便發出金屬斷裂之聲，隨即，便是重拳擊中實物的沈悶聲響。

「轟……」短暫的漆黑又恢復成原樣，而莫西多與聖摩特五世同時重重地被轟在地上。

聖摩特五世肥胖的臉忽青忽白，嘴角不斷有鮮血溢出，在他胸前的一片衣衫已然消失不見，露出的胸口如同黑炭。

而莫西多的胸前又中了一劍，但幸好不是要命部位，可他的經脈卻被像光一樣滲進的皇者霸殺的劍氣切斷數處，使他的左手和右腿已經完全癱瘓，不能夠再運功行動。

莫西多不能夠找到破解聖摩特五世的攻擊，只得將全身的功力凝聚於一拳，重轟向聖摩特五世，這是他唯一的辦法，所以，兩人皆受到重創，彼此沒有占到絲毫的便宜。

眾人沒有想到，兩人竟以這種方式進行著決戰，但似乎也透露出了兩人間你死我亡的決心。

驚天的眼神微帶著笑意，似乎這種局面才是他希望看到的，並不爲莫西多的受傷而露出一絲關切之意。

而一直在暗暗關注著驚天的褒姒卻顯得有些不解。

天壇廣場很靜，都在等待著兩人接下來的決戰。而天壇外，激戰依舊，廝殺之聲不斷傳入耳中。

兩種不同的廝殺讓文武百官、天下英雄之心有種惶惶、無所依傍之感，他們不知道自己會遇上什麼樣的結果。

聖摩特五世又咳出了一大口烏黑的鮮血，用劍支撐著身體站了起來。

而莫西多則倚著通往太廟的台階，用一隻腳保持著身體的平衡，站了起來。

聖摩特五世拖著劍，緩慢地移動著雙腳，向莫西多靠去。

眾人的心也隨著聖摩特五世的雙腳移動著。

當聖摩特五世拖著劍站在莫西多面前時，莫西多又笑了，連眼角都因爲笑而流出了眼淚。

聖摩特五世道：「你笑什麼？」

莫西多道：「我笑你已經老了，一拳就把你打成這樣，你還記得小時候第一次打我麼？」

聖摩特五世道：「我已經沒有你這樣大逆不道的兒子了，我爲何還要記起那些事？我只恨當初沒有將你打死！」

莫西多又笑了，道：「我可記得清清楚楚，在我五歲的時候，與大皇兄古斯特、二皇兄卡西一起玩捉迷藏的遊戲，要是誰被抓的次數最多，誰就算輸，而輸的人則奉贏者爲王，唯命是從。結果兩位皇兄都輸給了我，於是他們便奉我爲王，我坐在高高的座位上，兩位皇兄朝我行君臣大禮……」

「結果，這一幕恰巧被你看見，於是你就把我吊在了樹上，用皮鞭抽打我，並一天不給我飯吃，說我反綱亂常，要我記住，雲霓古國歷來是立長子爲君的！只有大皇兄才是雲霓古國未來的君主，只有我向他行臣子之禮，絕對不能違反了皇規，並要我永遠都記住這件事！」

「我記得當時皮鞭抽打在我身上很痛，我當時不解，我並沒有犯什麼錯，我們只是在玩遊戲而已。既然大皇兄輸了，他就應該遵守當初設定好的遊戲規則，這有什麼錯？後來，在我被吊在樹上的一天中，在我又饑又渴的時候，我想明白了，因爲我不是未來的君王，只有我成爲君王，才沒有人敢打我，別人才會聽我的！才會朝我下跪，行君臣大禮！於是，我在心裡對自己說：我一定要成爲雲霓古國，乃至整個幻魔大陸的王者。從那以後，我就一直很小心，不犯任何錯。因爲我知道，在我什麼都不是的時候，我必須忍！那一年我只有五歲，五歲的年紀已經懂得了這個年齡不該懂得的事情，這一切全拜父皇對我的一頓打！」

聖摩特五世聽得震驚，道：「所以你就謀害大皇兄，殺死二皇兄，如今又要殺死父皇？」

莫西多臉上的表情變得無比堅毅，道：「對！一切源自你對一個年僅五歲、什麼都不懂的小孩的責罰，是你破壞了他美好的童年生活，是你讓他認識到了權力的重要性，是你逼他走上這樣一條路……一切的後果都是由你造成的！」

「是我?!」聖摩特五世不由得往後退了一步，身形站立不穩，顯得有些恍惚地道：「難道這一切真的都是我造成的麼？」

而在這時，莫西多臉上露出了兇殘的笑意，大喝一聲：「去死吧！」

他的右拳挾起一道黑色的飓風，整個人向聖摩特五世飛速撞去。

莫西多利用了聖摩特五世心中的感情。

莫西多的這一拳又狠狠地擊中了聖摩特五世，只聽聖摩特五世身上的骨頭不斷地發出斷裂粉碎的聲音。

這是莫西多蓄勢已久的必殺一拳，從第一輪的交鋒中，他知道很難殺死聖摩特五世，雖然兩者傷勢相當，但論外在影響，廢掉一腿一手的莫西多比體內受到重創的聖摩特五世更處劣勢，所以他必須動腦子取勝，於是他就用眼淚和笑來贏得這樣一個契機，再用這樣一個真實的故事打動聖摩特五世心中的感情。

正如眾人事前所預料，莫西多會贏，卻沒想到聖摩特五世是這樣敗的。

但莫西多這一拳並沒有讓聖摩特五世立即死去，雖然聖摩特五世的身體已經癱瘓，如同一堆爛泥，但他的雙手仍然有力。他緊緊抓住莫西多的肩頭，手指如鐵爪一般深深掐入了莫西多的鎖骨，望著莫西多的眼睛，道：「真的……是因爲……我，才讓你變成這樣……嗎？」

莫西多忍著鑽心劇痛，右手重新聚起力量，一拳擊在了聖摩特五世的頭顱上。

聖摩特五世的頭顱頓時粉碎，鮮血腦漿四濺，他的身體也受力飛了出去，但雙手仍緊緊抓住莫西多的鎖骨。

莫西多看著緊抓住自己不放的兩隻手，心中惱怒到了極點，罵道：「你這老不死的，連死了還與我糾纏不清！」

說話聲中，他猛地抓起一隻手臂，用力一扯，接著又抓起另一隻手臂用勁扯開。

手臂被扯掉了，但莫西多的兩根鎖骨也因爲他憤怒時的用力過猛，幾被生生扯斷。

等莫西多意識到這一點時，鑽心的劇痛感席捲了他全身每一個細胞。

莫西多顯得劇痛難當，他的眼睛、鼻子、嘴巴、耳朵都不斷流出鮮血，剛才連續三次運起全身的功力對聖摩特五世進行猛擊，已讓他的體內被劍氣切斷的經脈出現爆裂，全身的經脈突出於表皮之外，像是條條樹根，恐怖至極。

眾人沒想到會出現這種情況，聖摩特五世死了，莫西多變成這樣，而那十名黑衣人又對莫西多不聞不問，天下英雄及文武百官心裡拿不定這十名黑衣人到底有著什麼樣的來歷。

驚天看了一眼痛苦不堪的莫西多，對著身旁的靈空道：「你去幫幫他。」

「是！」靈空的樣子顯得十分恭敬。

靈空過去抱起莫西多的頭，莫西多痛苦萬分地道：「快……救……我……」

靈空對著莫西多的耳朵道：「主人讓我告訴你，你已經沒有任何利用價值了，他叫你好好上路。」

莫西多道：「不……不會的，主人明明答應過我，會幫我登上皇位的……」

靈空道：「這我就不知道了，主人說，按照雲霓古國的規矩，只有長子才可登上皇位，他不可以破壞這個規矩。況且，你已經殺了聖摩特五世，天下英雄與文武百官是不會接受你這樣一個人成爲雲霓古國新的帝君的。」

「可……可主人答應……過……」莫西多話沒說完，就停止了所有的聲音。

靈空用手將莫西多死不瞑目的眼睛閉上，對著莫西多道：「你還是好好上路吧，話太多了只會增加你的痛苦。」

驚天看了一眼死去的莫西多，又望向醒過來的影子，微微一笑道：「你還記得我們曾經有過的賭約嗎？」

影子站了起來，道：「當然記得。」

驚天道：「記得就好，我想它現在仍然有效。」

影子道：「從開始到現在，它從來就有效。」

驚天道：「我很高興聽到你這樣的話，我想現在我們已經有了一個公平競爭的機會。」

影子含笑道：「我也這樣認為，不過我可以告訴你，我贏定了。」

「哦？你如此自信？」驚天道。

影子道：「因為我遇上的是暗魔宗的魔主驚天！」

此言一出，整個天壇廣場沸騰起來，顯得異常恐慌。

記憶中魔族所帶來的恐懼感，讓每一個人的心弦都繃得特別緊。更何況，來者是魔族三大魔主之一的驚天，是陪同聖魔大帝征戰天下的驚天！

驚天對著眾人道：「你們怕我嗎？很好！但你們今晚無須怕我，因為你們今晚將會毫髮無損地離開此地，我不會讓你們任何人受到絲毫的傷害！」

沒有人相信驚天的話，因為沒有人會相信魔族之人所說的話，魔族與人族從來都是不共戴天，魔族絕不會無緣無故地做一件事，如今聖摩特五世死了，他們又豈會錯失這樣的大好良機？也許整件事從頭到尾都是魔族策劃的。

驚天知道沒有人會相信他的話，他也沒有必要向眾人作過多的解釋。他讓眾人安靜了下來，然後道：「我知道你們不會相信我的話，但你們可以相信他。」

驚天把自己的手指向了影子，眾人的目光也紛紛投到影子身上，驚天接道：「他是雲霓古國的大皇子古斯特，也是雲霓古國的儲君，現在聖摩特五世死了，想篡位的莫西多也死了，只有他才能夠帶領你們，重振雲霓古國！」

眾人不知驚天有著怎樣的陰謀，他們只是等待著影子的反應。今晚發生的事情，已經超越他們的承受能力了。

褒姒、月戰、殘空都望向影子，傻劍、落日、斯維特也都看著影子。

被聖摩特五世賜死的大皇子又重新站在了眾人面前，這本來就是一件難以接受之事，況且魔族暗魔宗魔主驚天推薦他成為雲霓古國新一代的君主！

影子看了一眼驚天，又看了看褒姒、月戰，最後將目光投向了天壇廣場上的文武百官及天下英雄，道：「你們希望我成為雲霓古國的新一代君主嗎？」

眾人沈默沒有聲音。

影子一笑，道：「我知道，你們對我以及我的身分缺乏信任，但你們覺得現在還有選擇嗎？你們聽聽外面的廝鬥聲，應該可以感覺得到死的是什麼人。另外，天衣的八千禁軍，我想差不多已經快完了吧，你們的生命安全已沒有了任何保障，現在唯一的機會就是奉我為雲霓古國的君主，或許，還能給你們帶來一線生機！」

驚天見眾人依舊沈默，又對眾人道：「我驚天今天來此，並不是要與你們人族作對，而是為了兩件聖器。因為，當聖器出現，聖魔大帝也會重新降臨於世。據測算，聖魔大帝將會在今晚降臨於雲霓古國帝都，我驚天是為了保護聖魔大帝而來！」

「聖魔大帝？聖魔大帝會在今晚出現?!誰會是聖魔大帝的轉世之身……」

眾人紛紛猜測著，心中有著抑制不住的激動，因爲聖魔大帝是幻魔大陸有史以來最偉大、也是唯一的人、神、魔三族共同的皇者，無論是人族、神族，還是魔族，都對聖魔大帝有著無比的崇敬之心。聖魔大帝在雲霓古國出現，將會意味著什麼？雲霓古國會成爲幻魔大陸的翹楚，這也說明，聖魔大帝會是人族之人。

「那誰才會是聖魔大帝呢？難道是大皇子古斯特？」眾人把心中的猜測，轉化爲專注的目光，再一次投向了影子。

褒姒也望向了影子，心裡念道：「難道他就是自己一直苦苦期盼的人？」

月戰、殘空等也對驚天的話半信半疑，驚天的話不是一點道理都沒有。

驚天這時又道：「我知道你們心中的猜測，但要證明大皇子古斯特是不是聖魔大帝的轉世之身，只有身穿黑白戰袍，手持聖魔劍方可證實一切。只有真正的聖魔大帝才有資格擁有這兩件聖器，也只有聖魔大帝才會擁有這兩件聖器的巨大戰能！因此，現在只有等待舉行祭祀儀式，再取出兩件聖器才能解諸位心中之惑！」

影子望著驚天道：「你不與我爭奪了麼？你可記得你輸了所要遵守的承諾？」

驚天道：「我當然記得，但我願意輸給你，因爲你現在控制在我的手上，就像莫西多控制你一樣。」

影子道：「原來都是你在背後搗的鬼！」

驚天道：「你不覺得控制聖魔大帝比自己成爲聖魔大帝更富有挑戰性嗎？」

影子笑道：「如果你無法控制我呢？」

驚天道：「你覺得有這種可能嗎？」他的樣子顯得極爲不屑。

影子道：「我是說萬一。」

驚天道：「萬一，就是一萬次中才有一次的機會。」

影子道：「但不代表什麼機會都沒有。」

說完，影子極爲詭秘地一笑，卻不再看驚天了，而是逕自往太廟內走去。

檀香繚繞中，影子一個人站在太廟內。按雲霓古國律法，祭祀之時，除了帝皇，任何人不得接近太廟。在他面前，是雲霓古國第一位君主的塑像，在塑像的前面，供奉著裝有兩件聖器的長形木匣。

影子的表情顯得極爲肅穆，望著這些塑像，他良久都沒有動。

在這些歷經幾千年沈澱下來的歷史面前，他感到了一種不可承受的壓力。

他回想著自己來到這個空間所經歷的一切，從自己來到這個空間而古斯特恰好消失，便順理成章地成爲雲霓古國的大皇子；從影將自己引至這個空間，而她的離開；從所做的那些夢；

從記憶深處對法詩藺的熟悉感；從自己的靈魂被複製，而出現兩個自己；還有現在聖摩特五世與莫西多的死去，而自己成為雲霓古國的帝君……這或許真的是冥冥中宿命的一種安排。

影子的目光凝視著裝有兩件聖器的長形木匣，他走到近前，將木匣打開，兩件聖器安靜地躺在木匣內。

影子的手抓起了那件黑白戰袍，他並沒有感到什麼特別，只是這黑白戰袍並不如想像中的一半是白色一半是黑色，而是紫色的，像紫晶之心一樣純正的紫色。戰袍就像是昨天剛剛做成，顏色十分鮮亮。在它上面，也並不能夠感受到曾經有過的歷史。

驚天這時在外面道：「穿上它，穿上它你就能夠感受到它的顏色，擁有它無上的戰能。」

影子剛要穿上這件黑白戰袍，虛空中卻傳來了一個人的聲音。

是朝陽的聲音，朝陽來了，與朝陽在一起的還有可瑞斯汀，還有魔族風、雲、玄、月四位長老。

此時的朝陽渾身透著一種霸殺之氣，讓人不由自主地產生一種欲頂禮膜拜之感，整個人彷彿已經脫胎換骨一般。

眾人望向朝陽，不明白為何又出現了一個大皇子古斯特。

朝陽向前走去，所有文武百官及天下英雄不自覺都讓開了一條路。

朝陽看了一眼褒姒，又望向驚天，道：「驚天魔主這一向可好？」言語冷漠中透著無比的威嚴。

驚天心中一怔，他不明白爲何會有朝陽的出現。在他的腦海中，已經不存在兩個朝陽，只有被用靈魂複製出的朝陽的存在，「怎麼又會出現兩個一模一樣之人？」

「你到底是誰？」驚天讓自己保持冷靜，冷冷地問道。

朝陽冷冷一笑，道：「驚天魔主倒是好記性，竟然問我是誰。」

驚天心中又一驚，這說話的語氣和神態太熟悉了，他不敢相信地道：「你……」

朝陽冷哼一聲，沒有理他，逕自向太廟內走去。

影子平靜地道：「你終於出現了。」

說完這話的時候，影子感到很奇怪，因爲他發現自己的話似乎不是對朝陽說，或者說不是對他所認識的朝陽說，而是對另一個陌生人說。

朝陽道：「是的，我們又見面了，時間並不能改變宿命。」

「時間不能改變宿命。」影子重複著這一句話。

朝陽道：「但如今的天下將會是我的。」

影子道：「你不是朝陽。」

「朝陽？」朝陽不屑地一笑道：「你是說我是你的另一半嗎？抑或我是用你的靈魂複製出來的？我所要告訴你的是，今天，是我們又一次戰爭的開始，我要讓魔族重新佔領幻魔大陸，我是魔族的聖主！」

影子望向外面的可瑞斯汀，道：「我明白了，她已經幫你開啓了天脈！」

朝陽道：「所以，今晚將是魔族狂歡的夜晚，我會讓你看到我今晚的表演。」

他從影子手中拿過黑白戰袍，紫色的戰袍立即變成了像夜空一樣的黑，強大的黑暗力量瞬間暴滿太廟。

戰袍彷彿遇到了自己的主人，從千年的沈睡中醒了過來。

朝陽微微一笑，將戰袍披在了身上，太廟內雲霓古國歷代先祖的塑像頓時不停地顫動起來，如潮水般的黑暗力量將塑像震落地上，跌個粉碎。

站在太廟門外之人驚駭不已，狂暴的黑暗力量迎面撲來，讓他們的心顫慄不已。這時，整個太廟由於無法承受這黑暗力量的無限膨脹，竟然爆裂、飛碎。

強大的黑暗力量席捲整個天地。夜空黑雲疾走，大地黑氣上升。

天地已經無法區別，只剩一片漆黑。

這時，一道驚電自黑暗中刺穿蒼穹，與九天之外相連，黑暗的天空被這一道驚電撕開。

淒豔的赤芒使瞬間變黑的天地又變成了一片血紅。

朝陽手中已經舉起了聖魔劍，黑白戰袍隨風拂動，他的身姿使人不禁想起了千年前一統天下的聖魔大帝，抑或，他本就是重新轉世的聖魔大帝。

「恭請聖魔大帝重新轉世！」文武百官及天下英雄不禁都跪了下來，長聲唱道。

驚天雙眉緊鎖，忖道：「難道他真的是轉世的聖魔大帝？」他對自己沒有把握，注視著朝陽一動不動。

褒姒喃喃自語道：「難道他才是自己一直在等待的人？」

月戰、殘空、落日、傻劍也都凝視著朝陽。

而影子則感到自己的頭又一次痛了起來，無數記憶衝不開最後的一道封鎖……

朝陽睥睨著眾人，狂傲地道：「從今以後，整個天下將是屬於我的，哈哈哈哈……」

可瑞斯汀與四位長老也跪了下來。

而這時，影子突然以指化劍，手指射出一道凜冽的劍氣，奔向朝陽。

朝陽回頭望向影子，冷冷地道：「你現在憑什麼與我鬥？」

說話聲中，朝陽的腳抬起，踢了出去。

劍氣尚未射中朝陽，已經化作虛無。而朝陽抬起的腳，卻讓影子無處可躲。腳踢在了影子前胸，影子全身骨頭發出斷碎的聲音，然後他的人便飛了起來，隨即又重重地摔在地上，不能動彈分毫。

朝陽看也不看跌落地上的影子一眼，轉而望向那尚未跪下的褒姒、月戰、殘空、驚天、靈空、落日、傻劍等，冷冷地道：「你們似乎不願給我跪下？」

「當然不會向你跪下，你以爲你真的是聖魔大帝麼？」就在褒姒等欲回話之時，一個人的聲音先他們而說了。

是陰魔宗魔主安心。

安心鎭定自若地走到朝陽面前，道：「你以爲你穿上黑白戰袍，手持聖魔劍，就證明你是聖魔大帝的轉世之身？你憑什麼證明你便是聖魔大帝？」

朝陽微笑看著安心，道：「安心魔主是想從我身上得到證實麼？好！我就給你這個機會。我倒要好好證實一下企圖控制天下的陰魔宗魔主是否還是我手下那名驍勇善戰、智計百出的安心！還有驚天魔主，你們就一起上吧。你們不是一起導演了這一幕通過控制我，而得到天下的激戰麼？上天是公平的，只要你們能夠贏我，我相信沒有什麼力量可以阻止你們！」

安心道：「好，如果你真的是聖主，我相信我們除了死，也沒有任何其他的選擇。」

朝陽道：「原來你們還記得自己所犯下的罪行。」

驚天道：「如果你真的是聖主，我們死而無憾。就算我們不能夠使魔族重新光復，統霸天下，從今以後也不用爲魔族的子民擔心了。」

朝陽道：「你心裡倒是還有族人。好！那我就當著族人的面，讓你們認識我到底是誰，讓外面的族人進來！」

驚天道：「好，那我就讓暗魔宗與陰魔宗的族人都進來！」

當在天壇外的魔族之人進來之時，所有人族都嚇了一跳，天壇廣場是一片黑色的海洋，來到廣場的暗魔宗及陰魔宗之人足有五千之眾，還不算與天衣的禁軍戰在一起的人。

文武百官及天下英雄還從沒有聽說過有如此多的魔族之人聚在一起，如此多魔族子民聚在一起給人的壓力是無比強大的，他們的心惶惶不得安寧。

那些當年曾經陪同聖魔大帝征戰天下的族人看到朝陽，本寂靜無聲的隊伍立時變得竊竊私語。

「那就是聖主？」

「當年帶領我們征戰天下的聖主？」

「聖主重新復活了？」

「是聖主來到幻魔大陸的轉世之身？」

竊竊私語中，群情顯得激奮，當年聖魔大帝所帶給他們的榮譽感，讓他們看到了魔族復興的希望。

驚天走到眾魔族之人面前，道：「你們給我安靜，他是不是聖主，還需驗證。我與安心魔主今晚會給族人一個答案！」

朝陽掃視了一眼魔族屬眾，道：「如果驚天與安心魔主背叛了本聖主，你們會怎麼選擇？是聽命於我，還是繼續跟隨你們的魔主？」

所有魔族之人皆靜了下來，沒有人回答這個令他們回答不了的問題，在他們的思想意識裡，魔主、聖主與他們三者是連在一體的。

朝陽接著道：「我現在不要你們回答，在你們有答案之前，我會給你們時間考慮的。」

這時，一個魔族之人大聲道：「我們不需要考慮，已經有了答案，我們需要的是一個能夠帶領魔族，光復魔族之人！」

眾魔族之人皆附和道：「對，我們需要的是一個帶領魔族、實現魔族光復的人，我們已經等了一千年了……」

朝陽狂傲地道：「好！我需要的就是你們這一句話。我今晚會讓你們看到一個能光復魔族的聖主的誕生！從今晚開始，幻魔大陸將會是魔族的天下！」

眾魔族之人被朝陽的話點燃了激情，齊聲唱道：「光復魔族！光復魔族！光復魔族……」

安心冷冷地看著朝陽，道：「你不用在此蠱惑人心，還是用你的實力來證明這一切吧。」

說話聲中，安心與驚天同時動了，飛速旋轉的氣流中，兩條飄忽不定的身影衝向了朝陽。

朝陽一動不動，狂暴的風捲起了他身上的戰袍，他的威儀在這狂暴的風中變得異樣高大。

不斷使身形飄動的驚天，一邊飛速轉動自己的身形，一邊聚集四散於虛空中無形的力量，通過「暗魔啓示錄」中的「煉化大法」，重新聚煉，再打開心靈的契約，以天地間的能量，喚醒心靈的宿主——暗魔神！開啓魔神級別的力量……

安心也默默通過咒語，開啓與安心宿主所訂立的契約，按照古老的心靈祭奠的儀式，將全身的功力聚於心臟，以心靈之血的祭奠，與宿主進行合二爲一。

兩人的形象在與心靈宿主的融合中，開始變得極爲恐怖，雙眼佈滿血絲，全身經脈賁張，顯於表皮，渾身上下彷彿充滿了無限的力量。而兩人所牽引出的虛空的力量，竟比先前更強十倍。

整個皇城上空的力量都受到兩人的牽引，向天壇太廟彙聚。

而虛空則由於這兩人破壞自然規律的舉動，而不停有炸雷響起，此起彼伏，彷彿虛空失去了某種平衡。

眾人更是臉色驚變，他們無法相信人類的力量可以達到這種極限。

朝陽的表情傲然自若，其威儀絲毫不被兩人的氣勢所撼動，仍是一動不動。

突然，兩人在虛空中飛速旋轉著的身影，在聚煉的空氣中牽引出兩道黑色颶風，從兩個相反的方向，相互依倚、相互配合地攻向朝陽，其勢若決堤的洪水，兇猛至極。

可瑞斯汀看得一驚，因爲從兩人的攻勢中，她已經看出，朝陽若是躲過安心的攻擊，必定難以躲過驚天的出擊，反之亦一樣，兩人相互互補的攻擊決不給朝陽同時反擊或是躲避的機會，他至少必定要中兩人其中一人的攻擊。

褒姒、月戰、殘空、落日等也有著同樣的認識，雖然他們的修爲不能與驚天、安心相提並論，但一個武者的感悟，已經讓他們認識到了這一點。

但這只是他們的一種看法，並不代表事實，抑或說，他們的認識只是局限於其修爲所能夠看到的範圍。

而就在安心與驚天攻向朝陽的一刹那，站立不動的朝陽一下子變成了兩個人。

天啊！朝陽竟然變成了兩個人！從兩個不同的方位同時迎上安心與驚天的攻擊。

這簡直是匪夷所思，但眾人的眼睛真真切切看到了這樣一個事實。

「轟……」天地變色，虛空顫抖不已，而狂暴的風更是席捲一切，萬物蕭然。

安心與驚天從兩個相反的方位似斷了線的風箏般撞入了人群之中。

撞倒之人不少於四百之眾，而受到餘力撞死之人則不少於兩百。

而朝陽則站在原地不曾移動分毫，神情極爲自若。

安心與驚天心中不由得震駭道：「好可怕的功力修爲！」

他們已經知道朝陽開啓了天脈，獲得了聖主的力量，但他們沒想到兩人這一千年來的閉心研修，仍不能與朝陽進行抗衡。可現在他們已是騎虎難下，欲罷不能，他們知道今天不是朝陽死，就是他們亡，絕對沒有第三種可能。其實，從朝陽出現的那一刻開始，他們已經知道了自己今晚的敵人不是神族和人族，而是朝陽，這是他們先前從沒想到過的。

第十六章　大帝重現

安心與驚天飛身躍了起來，再次站在了朝陽面前。

朝陽不屑地道：「你們還要打麼？」

安心道：「你以為我們還有選擇的餘地麼？」

朝陽道：「不過也對，但你們這次將不會像剛才那麼幸運，聖魔劍已經一千年沒有飲血噬肉了，我想今天是讓它見血開光的時候了。」說完望著手中赤紅如血、透著詭異的聖魔劍。

驚天大聲道：「來吧，何必如此多廢話？誰輸誰贏還未可知。」

朝陽淡淡地看了兩人一眼，道：「那你們就再來試試，我也想知道這一千年來，到底讓你們長了多少斤兩。」

驚天與安心對視一眼，身形再次驟動。

已有第一次的教訓，他們並不像剛才那般施以拚命的絕殺。

兩人前後夾攻，似虛還實，以雙腳牽動的虛無氣勁攻擊朝陽。

而他們的身形飄忽於虛空中，讓人根本就辨不清其真實所在，只覺有兩團不斷交錯的幻影挾起巨大的力量。

層層排山倒海般的力量由驚天與安心或手或腳不斷地攻向朝陽。

朝陽對兩人的進攻極為反感，道：「這難道就是你們這千年來的修為所得？簡直讓我失望透頂！」

話聲剛畢，朝陽左手幻動，頓時在虛空中形成一個極大的漩渦，手臂一振，漩渦便如狂龍一般將安心與驚天在虛空中幻動的身形吞噬。

眾人一陣驚愕！

安心與驚天不見，但在空中飛旋的漩渦，旋轉的速度則在不斷的加快，以席捲大地之勢，將一切可以移動之物皆納入其中，變成了一個不斷漲大的黑色暴風團。

眾人這時感到所供呼吸的空氣也被這暴風團所吸走，呼吸亦感到極為困難。

更為可怕的是，不斷劇增的暴風團更吸引九天夜空之雲，大自然蟄伏之風，電轉如鑽。

一時之間，風起雲湧，天地變色，如墜阿鼻地獄。

朝陽亦感到了一絲詫異，忖道：「原來他們一直是在利用我出手，不斷地積蓄著我出手的力量，再聚合他們兩人自身的力量，融合天地間的力量，四種合而為一。看來他們的智慧與修為又進了一個等級。」

不過，這對於剛剛獲得巨大能量的朝陽來說，也是他印證自己實力的一次絕好機會，他又豈能錯過？

「陰暗魔神朝天破！」

暴喝聲中，驚天與安心合二爲一，電轉如風，將虛空中的暴風團以一道黑電爲牽引，向朝陽狂轟而下，立時天地變色！無儔勁力尚未擊實，已將地面所有人強硬震開！

唯有受了重創的影子從地上站了起來，頂著這駭世颶風，保持著身形的平穩，不曾移動半分。

眾人不由大感驚訝，不知影子此舉卻是爲何。

殺招逼近眼前，朝陽毫無懼色，渾身散發著絲絲黑氣，這些黑氣受到颶風的席捲，竟然凝而不散，而朝陽的身形和面目卻開始變得異常高大，如佇立天地間的皇者，凜然不可侵犯。

突然，朝陽從原地彈射而起，手中聖魔劍暴綻出淒豔的血紅之光，朝安心與驚天所牽引下的黑電最中心、最具毀滅性的地方刺去。

他儼然是要以自己的功力硬撼安心與驚天的心靈宿主——陰魔神與暗魔神合二爲一的「陰暗魔神朝天破」！

他彷彿要以此來證明自己是天地間的最強者！

血紅之光與黑電交接一起！

狂暴的虛空有著片刻的靜止，接著虛空被無數的驚電撕得粉碎，狂雷不止。

「轟……」天地一片淒迷，整個天壇如地震般地顫慄，以巨形青石鋪就的地面全部震裂。

而聖魔劍與黑電交接的最中央更生出一道電光，直射地面。

天壇地面又發出了第二次爆炸聲，無數青石化爲石屑飛濺而起，更爲可怕的是整個天壇竟然開裂爲一道巨大的溝壑。

眾人躲避不及，紛紛跌落溝壑。

而這時的虛空中，朝陽赤紅的聖魔劍穿過那道黑色驚電，從黑色暴風團的另一端穿透而出。

天壇上空又發出第三次爆裂，黑色暴風團尚未完全釋放的能量使虛空在極短的時間內發生急驟的膨脹。

整個虛空被一種似烈焰般燃燒的黑氣點燃，灼熱難當。更有人無法承受這巨大能量對身體的侵噬，全身爆裂而亡。

一擊三重破壞力，誰都不敢想像，這是人力所導致的結果。

驚天與安心似流星般從虛空中墜下，重重地摔在地上。

朝陽的身形也飄然自空中落下。

三人之間的勝負，已從雙方落地的姿勢得出了結論。

驚天與安心臉色顯得異常蒼白，血，更從兩人的胸前不斷溢出。剛才一擊，聖魔劍已經穿透了兩人的身體。

朝陽望著兩人道：「你們服輸麼？」

驚天道：「既然敗了，我們已經無話可說，要殺要剮，悉聽尊便！」

朝陽道：「很好，我現在不會殺你們，待今天過後，我自然會用族規對你們進行處置。四位長老，將他們帶下去。」

風、雲、玄、月四大長老領命將驚天與安心帶下。

朝陽面對著眾人道：「今天是魔族復興的日子，所有族人都必須記住今天這個日子，我將會帶領你們掃平整個幻魔大陸，讓人族與神族都向魔族稱臣！」

「聖主神威！聖主神威！聖主神威……」魔族所屬群情激奮，齊聲唱道。

朝陽手勢一揮，所有聲音又靜了下來，他繼續道：「今晚這裡的人族子民，統統不要放過，給我全部殺死，以祭奠我們族人千年來所受的苦難！不過，她們例外。」

朝陽的手指向了褒姒等一群人。

人族之人聽得震驚，紛紛躁動，他們以爲是聖魔大帝重新轉世，沒想到朝陽竟然會對人族大加殺戮。

可瑞斯汀聽得此言，也不由得一陣驚愕，她也沒想到朝陽會這樣做……

而魔族子民激奮之情比先前更盛，千年來所受的屈辱，終於有了讓他們發洩的機會，手中的武器紛紛舉起，在夜空中輝映著，形成萬分森殺的光芒，不斷地呼喚著。

影子這時卻道：「也許你忘了問我是不是同意。」他的聲音很低，也很平靜，但天壇所有人都聽見了，所有人都靜了下來，所有人都望向影子。這個處於朝陽與驚天、安心交戰中央，不曾離開半步的人，一直都沒有讓人忽視過。

這樣的人也不會讓人忽視，現在終於等到他出聲了，彷彿眾人都在等待他的出聲。

但這個連朝陽普普通通一腳都無法避過之人，又拿什麼與朝陽相鬥？抑或他只是送死而已。

朝陽不屑地望向影子，道：「你憑什麼說這樣的話？你現在有能力說這樣的話麼？哈哈哈……你現在就是不出聲，我也不會留你存於這個世上，因爲你，將會是我在幻魔大陸最大的敵人，我必須讓你死，這樣我才能順利地一統天下！」

影子道：「我是不會死的，宿命注定我是不會這麼容易便死去的。」

「宿命？你也相信宿命？早在一千年前，宿命已經不能夠將我包括在內了。千年前我付出的一切，什麼都沒有得到，我今生所要做的，就是逆天而行！」朝陽狂暴地吶喊道，聲音撕雲裂帛，直上九霄，久久回響不絕，彷彿是在向天地宣誓。

影子道：「你可以逆天而行，但你終究逃不過命！是你的命，也是我的命，我們共同的命。」

朝陽道：「笑話，你什麼時候變得如此宿命了？自從我從你的心裡分離之後，我是愈來愈看不透你了，更不喜歡你的處事風格。」

影子道：「因爲，你是我心黑暗的一半，它們的分離，就是正義與邪惡的分離，我們已經不再是同時擁有兩種不同性格之人，而是重新變成了兩個很純粹的人，有著全新的不同性格和價值取向！」

朝陽冷冷一笑，道：「你倒是很清楚我們的心分離後所帶來的結果。」

影子道：「因爲我一直都在思考這個問題，爲什麼一個人可以被一分爲二？爲什麼你我可以同時存在這個世上？其實我今天來此，最終的目的是爲了等待你，我早已相信你會出現！」

可瑞斯汀聽得影子與朝陽的對話，一下子懵了：「難道被自己開啓天脈的是用靈魂複製出來的朝陽？而眼前這個才是真實的本體？那一年後豈不是……怎麼會這樣？怎麼會這樣？問題到底出在哪兒？自己怎麼會將兩個人弄錯呢？怎麼會弄錯呢……」

可瑞斯汀不敢繼續往下想，她只感到天旋地轉，難道這是上天的捉弄？抑或是命運有意的一種安排？

朝陽道：「我也知道你會出現，我們的心是可以彼此感應到對方的，畢竟我們曾經是一體。但知道了又能怎樣？你可以阻擋我麼？現在天衣的八千禁軍已經全部被陰魔軍和暗魔軍所殲殺，整個帝都已經是我魔族的天下，如果有宿命這種說法的話，今晚注定是爲魔族準備的夜晚，是我們魔族重新光復的一天。就算還有尚未出現的四大執事，或是神族之人的相助，那又能怎樣？他們能擋過我魔族五千將士手中的利劍麼？一切皆在我的掌握之中！」

影子道：「至少還有我，我會用我的生命來阻止你。」

朝陽沒有再說什麼，他望著天，看著寂靜的夜空。在原來的空間裡，每次殺人之前，他都會望向天，很長時間。人來源於宇宙，總是要回歸宇宙，在某個不曾看到的世界裡，或許有他們的歸宿。現在，他是在尋找自己心的另一半歸宿，他希望能看到什麼，和以往一樣，他什麼都沒有看到。他總是信奉心靈的回歸，卻又不知道怎樣才是一種回歸。

此刻的朝陽是這樣想著，影子也是這樣想著。

也許，對他們來說，與自己成爲對手，與自己的另一半成爲對手，才是此刻最真實最簡單的一種回歸。

兩人都在沈默中讀懂了對方的心。

突然，朝陽笑了起來，他竟然發現還保留著那愚昧可笑的感傷，這不是他所需要的，也不是現在的他所應該擁有的。他的眼睛變得凜冽萬分，像在黑暗的夜裡閃著寒光的刀子。他對著影子道：「如果你想死，就不要浪費我的時間！」

影子抬起頭，迎上朝陽的目光，他的人向前走去，一步一步地向前走去，然後他的步伐漸漸快了起來，直到分不清是左腳還是右腳在移動……

影子手中的劍拔了出來，並快速地劃了出去。

劍刃上出現如天上月光一般沈沈的光芒，很快，便接觸到了朝陽的身體。

但僅僅只是千分之一秒接觸的時間，尙未對朝陽的身體造成傷害，尙未劃破朝陽的皮膚，一隻腳重重地踢在影子身上。

影子飛了起來，又重重地摔下，但他很快又站了起來，他的劍和腳再次向朝陽奔去，速度比前一次更快，可結果仍如前一次一樣，剛用劍接觸到朝陽，他又飛了起來，重重摔在地上。

朝陽冷笑地看著影子，道：「你想用這種方式來殺我麼？你殺人的技巧未免太乏味了！」

影子沒有言語，第三次挺劍向朝陽刺去，速度又比上一次更快。

但第三次的結果與前兩次並沒有什麼區別。

朝陽道：「好，你想玩，那我便陪你玩，看你到底能夠承受我多少腳！」

此時，影子嘴角有著止不住的鮮血在往外溢出，他用劍支撐著身體，第四次站了起來，再度挺劍刺向朝陽，速度卻比前三次還要快。

影子的速度一次比一次快，他的傷也一次比一次重，但他的劍仍只是接觸到朝陽的皮膚，便不能再挺進分毫，他根本就沒有辦法傷到朝陽。

但他的意志卻讓每一個人都吃驚，眾人都在看著影子能不能第十次站起來，都在等待著他的劍可不可以比前九次更快，沒有人能夠明白，爲何影子受的傷愈重，他出劍的速度反而愈快。

朝陽只是冷冷地看著影子，臉上的表情全是不屑，如果要找出一個人解釋影子這樣做的目的，沒有人能夠比朝陽更清楚。影子是想要利用他心中的疑惑，在不可能的時候，創造一種可能，因爲影子知道自己的實力面對他沒有一點勝算。

但影子面對的是朝陽，他心中所想怎麼可能騙得了朝陽呢？他的這種做法難道會有結果嗎？

第十次，影子艱難地站了起來，在他的劍的支撐下，身體仍搖晃得如風中樹葉，體內狂湧著鮮血，通過他的嘴噴射而出。

可瑞斯汀看在眼裡，有一種隱隱的痛，這不是她所希望看到的。

第十次，影子的劍刺向了朝陽，但很明顯，他的劍已經沒有第九次快，也沒有以前任何一次快，以他所擁有的能力，似乎已經到了人體所能承受的極限。

他的腳步踉踉蹌蹌，劍隨著腳步而左右晃動。此時，只要是一個小孩伸出一隻腳，都有可能讓影子再也站不起來。

影子和手中的劍終於艱難地靠近了朝陽。

朝陽道：「你這可憐的人，你的努力注定是徒勞的。」

第十次，朝陽的腳踢向了影子，他的腳帶著凜冽的勁風，這一腳比以前任何一次都要重，朝陽意在徹底擊潰影子再次站起來的可能。

而就在朝陽的腳踢中影子的一剎那，意想不到的事情發生了……

影子的手竟然托起了朝陽這充滿霸殺之意的一腳。

所有人驚愕，朝陽亦為之錯愕。

而就在這時，影子另一隻手中的劍暴綻出濃烈的殺意，刺向了朝陽。

但，朝陽既然早已識破了影子的意圖，他又怎麼能讓影子的打算得逞呢？

劍，並沒有刺中朝陽，劍停在了朝陽的兩根手指之間，寸進不得。

朝陽不屑地道：「面對我，你製造不了任何可能！」

影子道：「是麼？但我的目的已經達到。」

朝陽心中一緊，道：「你以為我會相信你的話？」

影子微微一笑道：「你可以不信。」

就在這時，朝陽聽到虛空中有尖銳的破空之聲，他望了過去，以風、水、火、光四種元素魔法締結而成的結界出現在他的視線中。朝陽看到了控制這魔法結界的魔法神院四大執事，以自己的元神融入了這結界之中，四種元素飛速流轉，彼此相輔。

第十七章　奪劍之戰

而就在朝陽的心神爲這突然出現的魔法結界吸引之時，影子手中之劍突破朝陽手指的控制，刺進了朝陽的心臟。

可瑞斯汀、四大長老、眾魔族將士驚呼著，這突然出現的轉變，讓他們的心神一下子無法適應，顯得不知所措。

朝陽低首看著血從自己的胸口不斷流出，刺穿的心臟有一種來自精神上的創痛。沒有任何肉體上的痛比得上朝陽此刻所產生的屈辱感。

「快奪聖魔劍！」一個聲音傳入影子的耳際。

影子手中之劍再往朝陽身體推進，劍鋒自朝陽的背後刺出。

與此同時，影子又一掌擊在朝陽的右臂上。

朝陽的右手一陣麻痹。

影子又一腳蹬在朝陽身上，借著朝陽的後退之勢，向聖魔劍疾抓而去。

整個動作，連眨半下眼睛的時間都不到。

朝陽根本就未來得及有任何反應的機會，抑或他根本就沒有打算作任何反應。

影子的手抓到了聖魔劍，但卻並沒有能夠將聖魔劍奪過來。

朝陽的目光緩緩從胸前的傷口處轉向影子的臉，他的眼睛顯得很平靜，但影子分明看到，掩藏在平靜之後的怒焰，只有憤怒到極致的人才有這種眼神。

朝陽淡淡地道：「想要聖魔劍麼？我可以給你。」

影子只感到自己的手一窒，聖魔劍便從他的手中消失，而在他的胸前，身體裡面卻多了一柄聖魔劍，他感到自己身體裡的血正在被聖魔劍一點點吸食。

聖魔劍赤紅的劍刃上，更閃著一種詭異的血紅之光，就像是一個貪婪的魔鬼在吸食著人的鮮血所露出的心滿意足之感。

影子感到整個人彷彿被吸空了一般，渾身的氣力根本無法使出來，整個人感到了一種虛脫，更無法作出反抗。

四大執事大驚，他們明白此刻影子的感受，若不再施以援手，影子必定會精血耗盡而亡。

因爲聖魔劍像人一樣，有著真實的靈魂，它是靠血的祭祀才能夠揮出強大威力的，而血也正是它的能量源泉。

四大執事之所以要影子奪取聖魔劍，不僅僅是聖魔劍巨大的威力，因爲有了聖魔劍，才可以湊齊金、水、火、風、光五大元素，締結魔法結界，才真正可以將朝陽困住，而這也是他們今晚的最終目的。他們早就知道不能夠阻止魔族今晚的進攻和聖魔大帝的重現。

可現在，四大執事則必須儘快救出影子，這比任何事情都要重要。

風、光、火、水四大元素締結成的結界竄出四股強大的元素力量，從四個方位攻向朝陽。

可瑞斯汀、四大長老看在眼裡，都幫不上忙，因爲四大執事各自主修的四大元素結成的結界，是以他們的元神締結而成的，從外界根本就沒有破除的機會，要想破開這結界，必須從內破壞這四大元素的平衡，而破壞這四大元素的平衡，則又必須是第五大元素，也即金元素。

另外還有一個破除方法則是自然界中主宰著四大元素的精靈，但此刻代表風、火、水、光的四大精靈並沒有出現。

四股強大的元素力量讓朝陽感到了強大的壓力，這種壓力比驚天與安心兩人的合擊更讓他感到難受。

朝陽不得不將聖魔劍從影子身體中拔出！

聖魔劍在空中劃出一道淒豔的電弧，以朝陽體內渾厚的功力和聖魔劍本身所具有的巨大能量，對抗著四大執事的攻擊。

四股元素力量與聖魔劍相接觸，結界內發生巨爆，一片混亂，散亂的勁氣力量四處衝撞。

結界外的人分不清裡面的情況到底怎樣。

而影子這時卻從結界裡面衝了出來，倒在地上一動不動，彷彿已經死去。

影子所倒的地方正好是褒姒的跟前，褒姒看著影子，她俯下身去，將影子撫起。

影子已經沒有一點知覺。

這時，天壇外又響起了激烈的刀劍交鳴之聲和喊殺之聲。

眾人不知這次又是何人殺來。

片刻，從東南西北四個方位通往天壇的四面台階，天衣率領兩千禁軍及八百聖摩特五世的死士兵團，還有魔法神院的五百弟子衝了上來。

受傷的驚天看到天衣，心中忖道：「難道無風帶領的一千魔族將士已經全部遇難？」

是的，正當天衣與一百名不到的禁軍在苦苦掙扎之時，預留在軍營的兩千禁軍趕到，而且還有八百死士兵團及五百魔法神院弟子，這些人都由手持令牌的歌盈帶領。

八百死士兵團與五百魔法神院弟子都是由聖摩特五世秘密所積蓄的力量，爲的就是緊急之時的調用，而且這些人都是精銳中的精銳，是連天衣都不知道的勢力。

無風所帶領的一千魔族將士在這些由歌盈所領導的精銳之師突襲下，驚慌失措，被全部殲滅。隨後，他們便緊急趕到了天壇太廟。

結界內，朝陽與四大執事還相持著。

驚天與安心見聖摩特五世的援兵已到，對可瑞斯汀道：「聖女，趕快下令族人全力迎敵！」

可瑞斯汀見情況已刻不容緩，連忙下令。

五千魔族將士與殺至的天衣所率領的人廝殺在了一起。

那些文武百官與天下英雄知道若是魔族得勝，絕對不可能再有生還的機會，此時時機已至，於是趁勢加入了這混戰的隊伍當中，共同對抗魔族。

驚天與安心見狀，對可瑞斯汀道：「聖女，請允許我們帶領族人殺敵，也給我們將功贖罪的機會！」

可瑞斯汀想了想，道：「可你們身上的傷……」

驚天道：「這一點小傷尚要不了我們的命，況且剛才已有所調息。」

風、雲、玄、月四大長老亦道：「請聖女允許兩位魔主迎戰，我們相信他們不會拿族人的性命作兒戲，況且都是他們手下的族人。」

可瑞斯汀道：「那好，我替聖主給兩位魔主一次將功贖罪的機會。」

驚天與安心這時卻大喝道：「所有族人聽著，聖主有令，不放過每一個異族之人離開這裡，格殺勿論！」

言畢，飛身躍入了戰場。

以兩人深不可測的修爲，再加上五千魔族將士，這是一場沒有懸念的戰事，只是看天衣所率領的人能夠支持多久。

歌盈這時從混戰的人群中走了出來，她的衣衫仍顯得輕盈飄逸，沒有人能夠傷她分毫，沒人知道她是什麼時候來的，她來到了褒姒面前。

褒姒被朝陽排除在該殺範圍之內，而月戰、殘空、落日與傻劍守在褒姒身旁。他們不允許有人傷到褒姒。

他們都望著陌生的歌盈。

歌盈望著褒姒扶起的影子，道：「你要救他。」

褒姒知道歌盈是在跟自己說話，道：「我如何救得了他？」

歌盈道：「用你胸前的紫晶之心。」

「紫晶之心？我爲什麼要相信你的話？你又是何人？」提到紫晶之心，褒姒一下子警惕起來。

歌盈沒有理睬褒姒的話，只是道：「只有紫晶之心才能夠救他，若是不能夠將他救醒，你們所有人都不可能離開這裡。」

「爲什麼？」褒姒疑惑地問道。

歌盈道：「我知道你一直都在等待聖魔大帝轉世之身的出現，你得到紫晶之心也是爲了聖魔大帝，你要成爲聖魔大帝的女人，但你可知聖魔大帝是兩個人？」

「兩個人？」所有人聽得一驚。

歌盈繼續道：「一個是魔族的聖主，一個是神族的神王，兩個人合在一起才有了千年前的聖魔大帝。你們以爲被困在結界裡的便是聖魔大帝的轉世之身？他其實只是聖魔大帝的一半，屬於魔族的一半，也是邪惡的一半。而另一半就是這個快要死的人，兩人本是一體的，是一個人，只是有人把屬於一個人的兩種性格，代表正義與邪惡的性格分開了。你們在天香閣之所以聽到兩人有一樣的童年經歷，就是因爲他們本來就是一個人。」

褒姒等人聽得有些暈，但他們已經明白這其中的關係，可他們仍顯得不太相信。對於每一個第一次聽到這種話的人，這都是一個不可接受的現實。

歌盈接著道：「當初聖魔大帝之所以成爲兩個人，是因爲他將自己心的一半煉化爲了紫晶之心，也是代表正義的一半。現在這個人的心已經死了，只有紫晶之心才能讓他重新復活過來，那本就是屬於他的心。」

褒姒道：「你與聖魔大帝有什麼關係？」

「什麼關係？」歌盈冷冷地道：「如果不是答應了姐姐，不是爲了你們人族，我恨不得將他殺了！」

褒姒看到歌盈充滿殺意的眼睛望向影子，她道：「你是神族的人？」

歌盈沒有回答她，她望向結界內的朝陽，道：「也許對於你們來說，時間並不多了。」

此時的朝陽，正極力以聖魔劍撕開四大執事共同締結的結界，從結界所承受的壓力來看，四大執事並不能維持多久。

而天壇廣場上人族與魔族的廝殺則處於一邊倒的局勢，特別是安心與驚天的衝殺，每攻出一招至少是十幾人倒下，所向披靡。

褒姒看到這些情況，她知道已經沒有時間了，就算是爲了救影子，她也必須賭一把。她道：「你要我怎麼做？」

歌盈道：「把紫晶之心給我。」

褒姒毫不猶豫地將胸前的紫晶之心摘下，遞給歌盈。

而在這時，魔族的風、雲、玄、月四位長老如驚電一般向紫晶之心撲來。

歌盈厲聲對月戰等人道：「擋住他們！」

月戰、殘空、傻劍、落日同時拔劍攻向飛撲而至的四大長老……

歌盈接過紫晶之心，突然仰天大笑起來，道：「你們這些愚蠢的人們，你們就殺吧，你們就瘋狂地殺吧！我多麼高興看到你們痛苦哀嚎的模樣，我多麼高興看到你們人族與魔族一個個都死去的模樣。這一天，我已經等待了一千年，一千年啦！我終於也得到紫晶之心啦！哈哈哈哈……」

褒姒一愣，不明白歌盈爲何突然會變成這樣，但轉而好像明白過來，褒姒立刻攻向歌盈，但卻連歌盈的衣角都沒有碰到。

可瑞斯汀也飛身躍起，揮劍攻向歌盈，但她所刺中的，僅僅是歌盈身形飄過所留下的虛影。

而歌盈早已飄到了半空中，她的身形在空中舞動著、狂笑著，最後又唱起了那首古老的歌：「古老的陶罐上，早有關於我們的傳說，可是你還在不停地問，這是否值得？當然，火會在風中熄滅，山峰也會在黎明倒塌，融進殯葬夜色的河；愛的苦果，將在成熟時墜落；此時此地，只要有落日爲我們加冕，隨之而來的一切，又算得了什麼？——那漫長的夜，輾轉而沈默的時刻……哈哈哈，我已經等了一千年了，誰能明白我的心……」

所有人都停了下來，聽著歌盈的聲音在夜空中消失。

「轟……」這時，朝陽手持聖魔劍，終於撕開四大執事以元神所締結的結界，沖天而出。

但歌盈此時早已去遠。

結界瓦解，四大執事元神受到重創，身體從虛幻的結界裡面顯現出來，重重地摔在地上，臉色蒼白如紙。

眾人都望向朝陽，現在一切都掌握在朝陽手裡。

朝陽掃視了一眼天壇廣場所有的人，然後道：「你們不用望著我，我說過，所有人族都得死！」緊接著，又是狂笑，但笑聲之中，有著無處發洩的憤怒。

就在這時，天壇四周地下，都發出了爆炸，緊接著整個天壇都炸了起來。

爆炸響起之時，在人們混亂中四散逃竄的時候，卻還有一條人影，向天壇最中央飛掠而去……

第十八章　詛咒之城

幻城。

幻城是雲霓古國與西羅帝國之間的重要關口，曾經這裡是連繫雲霓古國與西羅帝國的貿易重地和通商口岸，也是一個獨立的國家，其面積有二十多萬平方公里。相對而言，幻城是一個比較小的國家，相當於一個大型城市的面積。

曾經，它的繁榮與富庶程度遠超越現在的雲霓古國和西羅帝國的帝都，是一個歌舞昇平、紙醉金迷、人人嚮往的天堂。

但由於戰爭，人爲破壞和幻魔大陸氣候周期性的變化，如今這裡成了一片不毛之地，除了漫漫黃沙，風化的殘垣斷壁，再也不能夠找到當年的繁華。當然，這只是一種傳說，還有一種說法是，這裡曾經受到了詛咒……

此時，已是暮色四合，剛退去白日的炎熱，卻又升起讓人不能忍受的陰冷。

荒涼的世界裡，一輛馬車轆轆而行，充滿著落寞和悲哀，顯然走了很長的路。

趕車的是月戰。此時，已是天壇太廟事情發生後的第七天，七天來，他都未曾停歇過，一直都在趕路。

在月戰的旁邊，坐著的是殘空，此時的殘空，面現疲態，斜靠著月戰睡著了。

馬車裡面，則是褒姒，還有昏迷不醒的影子。褒姒將影子的頭放在自己腳上墊起，不讓他受到馬車搖晃的影響。

褒姒借著從窗口透入的淡淡星光，凝視著影子的臉，她的手指沿著影子的臉部輪廓輕輕滑過，一遍又一遍。因爲她發現，影子側臉的輪廓是她小時候所畫的一個側影。

在褒姒小時候隨宮廷畫師學畫的時候，她第一次所畫的便是一個人的側影，是她不由自主所畫的，如今那幅畫還掛在她的寢宮裡。

當褒姒第一次畫出那個陌生的側影時，她感到驚訝，但她很快便有了解釋。因爲這樣一個側影是屬於她生命中的男人的，她從小就在等待著他的出現，故而才會畫出那樣的側影。

但褒姒現在不知，她一直都在等待的男人，是眼前的影子，還是那晚的朝陽，這個問題七天來一直纏繞著她，令她無法放下。

馬車行駛在通往西羅帝國的沙漠中，馬終於倒下，不能再爬起。

月戰跳下馬車，殘空也醒了過來。

褒姒掀開馬車的簾子，望向月戰。

月戰道：「馬死了。」

褒姒也走下馬車，她朝四周望了望，背後的山巒顯示著，他們才剛剛踏進幻城不久，而幻城環境的惡劣和深藏的兇險，她是很清楚的。

自從幻城這個國家滅亡之後，這裡便再也沒有人居住，雲霓古國及西羅帝國有著共識般地沒有將這塊土地納入自己的疆域。相傳這裡生活著非人、非魔、非神的奇異族類，但沒有人知道他們到底是什麼樣的奇異之族，因爲走進這片沙漠的人，很少能夠走出去。也有人說，這塊土地和生活在這裡的族類是受到魔鬼詛咒的，是一塊不能涉足的禁地。

這次月戰等人之所以選擇這條路，是不得已而爲之，是爲了躲避朝陽所派之人的追殺。一路之上，他們已經遭到了八次狙殺。更重要的是，是那個救他們之人，要他們走這條路的。

褒姒道：「現在，我們只有徒步穿越幻城了。」

月戰這時道：「這次是我沒有保護好公主，才導致出現這種結果。」

褒姒道：「這與你有何關係？是我要得到紫晶之心的，沒想到魔族又重現，而且紫晶之心被那個女人給騙走了，一切皆是那個女人在暗中策劃的，我們一定要回去告訴父皇，加強警惕！」

月戰道：「在來雲霓古國之前，師父曾對我說過，叫公主不要太在意紫晶之心，那只不過是一件異物，並不代表什麼重要的人。」

褒姒道：「原來師父早知道會出現這種結果，師父指的人到底是什麼意思？」

月戰道：「師父只說了這麼多。」

褒姒悵然若失地道：「是的，師父對任何事情只會說一半，我也知道紫晶之心對我也沒有當初的價值了，它現在只是一件異物，但我不能容忍的是，紫晶之心在我手裡被人騙走了，我一定要得到它！」

月戰沒有再說什麼。

殘空這時卻突然警覺地道：「有人！」他的眼睛望著左前方的方向。

三人的心都警覺了起來，殘空將昏迷不醒的影子背在了背上，月戰則將背著預備好的水和裹腹的食物。

三人的手都緊握在劍柄上，在這樣一個陌生的環境，他們唯一可以做的，便是萬分的小心。但三人站在原地，全神戒備，一個時辰過去，卻沒有發現任何異樣，也沒有見到任何活著的東西，連剛才異樣的聲響也只是出現很短的時間，隨後，便什麼也沒有發生。

除了風，就是沙。

三人對望了一眼，緊繃的心弦開始放鬆，並沒有他們意料中的情況發生，這一切只是沙漠環境中偶爾出現的情況。

褒姒道：「看來我們是太過緊張了，走吧。」

頂著風沙，踏著沙丘，三人向著幻城縱深地帶走去，依靠天上星圖作爲他們前進方向的座標。

而影子則仍是昏迷不醒。

一個晚上，以三人的速度，走了二百多公里，沒有任何情況發生，但三人的心弦，在這漫漫無邊的沙漠裡，每走一步都繃得愈來愈緊，彷彿背後總有著什麼東西在跟著他們一般，可他們回頭看，卻什麼都沒有。

他們知道，這不僅僅是心理因素，而是真實地有著無形的東西跟在他們背後，只是看不見而已。

但他們不敢有任何的輕舉妄動，在這個陌生、神秘的環境中，他們只能夠隨機應變。

直到天亮，那個緊跟在身後看不到的東西所帶給他們的壓力才消除，彷彿已經離去。

三人這才鬆了一口氣。

殘空道：「看來它找不到下手的機會。」

月戰點了點頭。

褒姒卻道：「也許它對我們並沒有惡意。」

殘空道：「也有可能，但以我遊歷幻魔大陸的經歷來說，能夠帶給我如此大壓力的，肯定有著極強的目的性，而這種目的性在這樣一個環境裡面，唯一可以解釋的，便是爲生存而存在。它一直在尋找機會，但並沒有找到，而它的突然消失，卻讓我感到不解。」

褒姒想了想，表示同意殘空的看法。接著，她真誠地望著殘空道：「這次能夠得到你的護送，我一直都沒有來得及說聲謝謝。」

殘空撇開褒姒的目光，以執著的眼神望著前方，道：「其實公主不用謝我，我只是爲了能夠見到天下。」

褒姒知道這件事，她道：「無論如何，我還是要謝謝你，我也希望師父能夠見你。」

「謝謝。」殘空道。他執著的眼神閃過一絲茫然之色，他不能夠肯定自己此行會不會有所收穫，如果見了天下之後，對劍道的領悟仍不能再有所突破，他相信自己的生命也會因此枯竭而亡，他在這個世上也就已經沒有存在的意義。

褒姒看到了殘空眼神中所包含的東西，她陡然覺得殘空是一個很可憐的人，一個人將自己的一生都奉獻給劍道，但卻不能有所收穫，可想而知這是一種何等大的悲哀。如果可以的話，她真的希望自己能夠幫助殘空。

月戰將水囊送給褒姒與殘空，道：「喝點水吧，待會兒還要趕路。」

兩人接過水囊，又吃了一些食物，褒姒又給昏迷不醒的影子餵了一點水，她道：「沒想到聖魔劍對人體造成的傷害竟是如此大。若是不能儘快趕回西羅帝國，及時醫治，我怕他會有事。」

月戰道：「公主不用擔心，我探查過他身體的氣息，有一股力量在對他的身體進行修復，只是他的功力和氣血差點被聖魔劍吸盡，所以恢復起來比較緩慢。不過，在恢復之前，他不能再受到任何的傷害，否則，便再也沒有活下來的可能。」

褒姒望著影子，低低地道：「我不會讓你受到任何傷害的，你一定要儘快醒過來。」

殘空看了看天，此時，烈日高照，沙漠的溫度迅速升了起來。

殘空道：「我們還是快點趕路吧，要不然，天氣會愈來愈熱。」

三人收拾好一切，背著太陽，重新上路。

不多時，三人看到了眾多被風化了的殘垣斷壁從沙丘中露出，依規模來看，似乎是很大的城市。城牆很寬厚，許多建築埋在沙裡面，露出些許在沙外，四處有些乾得不能再乾的木頭……還有到處都有的骷髏及風乾了的人屍。

褒姒曾從典籍中查閱過有關幻城的記載，雖然不是很齊全，但依她的估計，這裡應該是幻城曾經最繁華的帝都，這些寬厚的城牆和裡面建築的佈局，都可以證明褒姒心中的推測。

褒姒邊走邊看著這一切，忽然她被一塊半掩在沙裡的石碑所吸引，露出的半截上面有一個「魔」字。

褒姒感到很奇怪，這個「魔」字是現在幻魔大陸通用的文字，並不是幻城以前所用的文字，幻城以前所用的文字，褒姒曾經研究過。這塊石碑上的字肯定不是原來留下來的，而是有人後來加上去的。

到底石碑埋在沙下面的是什麼字呢？

褒姒充滿好奇，走了過去，將掩在沙裡的那半截石碑扒開，她看到了石碑上完整的三個字：魔鬼城。

「魔鬼城！」殘空與月戰同時念出聲來，語氣中含著驚訝，他們也已看出，這三個字並非以前留下來的，這塊石碑埋得並不深，只是掩在沙裡不足一米。

這到底是何人留下來的字？他想說的又是什麼呢？抑或這裡真的有魔鬼？

就在三人被從石碑上的字所吸引之時，突然捲起了狂風，鋪天蓋地，一座沙丘在隨著狂風快速移動。

整個世界天昏地暗，瞬間已被狂風沙浪所占滿。

褒姒、月戰、殘空三人退無可退，避無可避，只得趴在原地不動。

這時，那座快速移動的，高達十幾米的沙丘便將他們埋在了沙裡面。

「轟……」地面突然塌了下去，三人都感到自己在往下掉，從很高很高的地方往下掉……

雲霓古國。帝都。皇宮。朝會大殿。

朝陽斜身坐在代表皇權、至高無上的位置上，他的手裡拿著一柄小飛刀，專心地修理著自己的指甲。

龍座前面，有著鮮血一般顏色的聖魔劍插在地上。

兩隻香鼎，此時正燃著檀香。

大殿下面，跪著兩個人，是暗魔宗魔主驚天和陰魔宗魔主安心。

兩人表情肅穆，目光盯著身前光滑的地面，地面上反映出兩人的身影。

已經八天了，他們一直都這樣跪著，身子一動不動，沒有移動半下，也沒有人與他們說半句話。

聖女可瑞斯汀看著兩人，又看看朝陽，幾欲開口，卻總是欲言又止。對於現在的朝陽，她無法摸清他到底在想什麼，也不敢妄加進言。這些天，朝陽沒有和她說過任何一句話，他總是獨處在自己的世界裡。

第十九章　統一魔族

這是八天來，他第一次來到朝會大殿，但到現在爲止，兩個多時辰過去，他只是在修著自己的指甲，沒有說過一句話。

可瑞斯汀在等待著，等待著朝陽的開口。

風、雲、玄、月四位長老此時也都在等待著。

就在眾人等得快要崩潰之時，大殿外傳來聲音道：「黑翼魔使奉聖諭，等待聖主宣召。」

朝陽終於停止了對指甲的修理，輕淡地道：「那就讓他進來吧。」

漠走進了朝會大殿，跪見朝陽，但朝陽並沒有理他，也沒有讓他站起。

朝陽將自己的目光投向驚天與安心，漫不經心地道：「兩位魔主，這八天來可有什麼感想？不妨說出來，讓大家聽一聽。」

驚天終於鬆了一口大氣，首先開口道：「屬下自知罪該萬死，望聖主賜臣死罪！」

這些天，一動不動，一句話都不說給驚天所帶來的折磨，比讓他死還要難受。

朝陽用鼻子發出一聲輕笑，轉而望向安心道：「那麼安心魔主你呢？又有什麼體會？」

安心道：「我在等待聖主給我戴罪立功的機會。」他的語氣顯得十分平和。

朝陽大笑兩聲，道：「看來安心魔主這一千年來還是有所長進，但你以爲自己還有這個機會嗎？」

「有。」安心十分肯定地道。

「哦？那我倒想聽聽你的高見。」朝陽意味深長地道。

「屬下並沒有什麼高見，這是屬下這八天唯一的心裡感受，也是屬下唯一的願望。」安心誠懇地道。

「是嗎？」朝陽道：「但我卻不這樣認爲，就在我讓你跪在這裡的第一天，你就知道我不會殺你，我要用你，你早已摸清了我的心理。安心魔主以爲我說得對嗎？」

安心聽得渾身一震，不知如何回答。

朝陽很滿意安心的反應，道：「但我還是很高興聽到你所說的話，正如你心裡所想，我是要用你，還要大大的用你，因爲我需要你的智慧和實力。」

安心聽得惶然，道：「謝聖主給屬下機會！」

朝陽道：「你先別謝我，你要謝的是你自己，但如果你不能用你的智慧和實力來證實你的價值，你應該知道會有什麼樣的結果。」

「屬下不會讓聖主失望！」安心大聲道。

朝陽轉向驚天道：「驚天魔主現在還想死嗎？如果你想死，我會成全你！」

驚天惶然道：「屬下不想死，屬下希望能夠再爲聖主和族人效力！」

朝陽道：「既然你想爲族人效力，我也給你一個機會。」轉而又道：「風長老，告訴他們，他們現在應該做些什麼。」

「是。」風長老應道：「現在整個幻魔大陸都已經知道聖魔大帝重新臨世的消息，在雲霓古國皇城，聖主得到了所有臣民的擁護。但是現在，鎮守北方邊界的怒哈已經率領三十萬大軍進逼帝都，此刻他們已經渡過黑河，相信在明天天亮時，他們便可到達皇城外，對皇城形成包圍之勢。而且據目前得來的消息，怒哈與北方邊界的妖人部落有勾結，現在，雲霓古國的整個西北、東北的疆土基本上已經全部被怒哈和妖人部落聯盟所控制，占了整個雲霓古國面積的百分之六十，只要攻下皇城，整個雲霓古國也就全線告潰……」

安心這時打斷風老的話道：「現在我們所擁有的力量是什麼？有多少可以調動的資源？」

風老回答道：「經天壇太廟的巨爆和事後對逃散之人的追殺損失，現在暗魔宗與陰魔宗的族人加起來不到四千，再加上跟隨聖女的八百族人，魔族的力量現在五千不到。」

「五千不到？」雖然早已有了心理準備，但安心還是吃了一驚。

風老繼續道：「不過，原來被驚天魔主所困住的三萬天旗軍，現已歸服聖主，聽憑調遣。而聖摩特五世準備從洛海城調往西北邊界支援怒哈的三十萬大軍，在得到聖摩特五世死去的消息後，現在一直沒有動，駐紮在離皇城三十里外的龍舒小鎮，聖主曾派人前往求援，但統領三十萬大軍的嚴戎卻態度模糊，不予回答，看來他是採取觀望之態，若是聖主能夠贏，他便支援聖主，若是怒哈贏，他便轉而改投怒哈，而他的態度，在很大程度上決定這場戰事的勝敗。另外，其他未被怒哈所攻佔的邊疆大吏也都在採取觀望態度，雖然聽說聖主乃是重新臨世的聖魔大帝，但他們並沒有全信，立即投奔支援聖主。所以，目前最關鍵的就是能夠將怒哈打敗。」

驚天問道：「那聖主的意思是……」

風老道：「聖主的意思是將駐紮在龍舒小鎮、統領三十萬大軍的嚴戎交給驚天魔主，驚天魔主所要做的是，讓那三十萬大軍全心效忠聖主。而安心魔主則負責拖住怒哈的三十萬大軍，直到驚天魔主將嚴戎的三十萬大軍帶來。而安心魔主還有一點可以利用的是，怒哈的兒子伊雷斯現在在我們手上。」

安心道：「有了他我就夠了。」

驚天道：「聖主能夠給我多少人？」

風老道：「就你一個人。」

「我一個人？」驚天吃驚萬分。

朝陽開口道：「難道驚天魔主一人連人族的三十萬大軍都不如嗎？」

驚天無語。

朝陽續道：「不但是你一個人獨往，而且三天內，我必須見到那三十萬大軍趕來救援，否則驚天魔主就提著自己的腦袋回來見我！」

從皇城到龍舒小鎮，再從龍舒小鎮將三十萬大軍帶至皇城，也就是說，驚天所擁有的時間，實際上是一天不到。

驚天道：「但屬下必須向聖主借用一件東西，否則屬下恐怕有負聖主的重托。」

「講！」

「我要借用聖主的聖魔劍，只有聖魔劍方可讓我調動三十萬大軍。」驚天道。

朝陽道：「好，聖魔劍我給你。」

風老這時卻突然道：「聖主……」

朝陽打斷了風老的話，道：「我知道你想說什麼，既然我相信了一個人，就會相信到底。」

朝陽拔出了聖魔劍，往下一扔。

聖魔劍在空中劃過一道精美的弧線，落在了驚天面前，插入地面，朝陽道：「其實驚天魔主要的是信任，而並不是聖魔劍。」

驚天由衷地道：「多謝聖主信任，有了聖主的信任，即使沒有聖魔劍，我也可在三天內將三十萬大軍帶來。」

朝陽道：「既然我答應將聖魔劍給你，在你任務沒有完成之前，我就不會收回。」

驚天再次稱謝。

朝陽又道：「你們兩人還有什麼話要說嗎？」他的目光掃過安心與驚天，又開始修剪自己的指甲，身子斜靠在龍座之上，意態慵懶。

安心這時道：「屬下還有一句話想問聖主。」

朝陽道：「有什麼話就講。」

安心道：「屬下想知道的是那晚有幾人逃出了皇城？」

朝陽修著自己的指甲，道：「爲什麼問這個問題？」

安心道：「因爲這關係到聖主統一幻魔大陸的大業，所以屬下斗膽相問。」

朝陽道：「給我一個具體些的理由。」

安心道：「若是有人洩漏那晚的情況，如讓他逃走，則對聖主的統一大業極爲不利。」

朝陽知道安心口中的「他」指的是影子，安心所說的問題他早已考慮到。他道：「安心魔主似乎有什麼好的辦法？」

安心道：「如果聖主現在派人對他們進行追殺，不如封死他們所有的後退之路，搶先一步到他們所要去的地方，造成讓別人可以相信的事實。」

朝陽感到眼前豁然開朗，一直凝結在他心頭的隱患一揮而去。

眾人看到原本在修剪著指甲的小刀，也一下子凝在了空中。

安心的話解決了朝陽最爲擔心的問題，這比怒哈對皇城的圍攻還要重要，關係到實現幻魔大陸一統的大業。

朝陽沒有表現出過度的興奮，作爲一個皇者，面對任何事情都應該處變不驚，他道：「安心魔主的話我已聽到了。」

言畢，朝陽站了起來，道：「今天就到此爲止，你們各行其是。」隨即，便欲離去。

可瑞斯汀見狀，忙道：「聖主似乎忘了一件事。」

朝陽停下，也不看可瑞斯汀，道：「什麼事？」

「黑翼魔使在等待聖主的訓話。」可瑞斯汀道。

此時的漠跪在地上，仍未起來。

朝陽道：「就讓他和兩位魔主一樣，好好地想一些問題吧，或許他能夠像兩位魔主一樣想到些什麼。」

可瑞斯汀忙道：「可是……」

可瑞斯汀沒有把話說完，因爲朝陽已經離開了朝會大殿。

眾人離開了朝會大殿，但可瑞斯汀仍未走。

可瑞斯汀眼神很複雜地看了漠半晌，最後道：「聖主是不應該這樣對待你的。」

漠道：「聖主說得沒錯，我是該好好地考慮一些問題了。」

當褒姒、月戰、殘空從沙堆裡爬起來的時候，他們看到了一座城市，一座地底城市，有著古老的建築，有著石砌的街道，有著來來往往的人……還有著長明不息的亮光。

大街上的人彷彿沒有感到他們的存在，只是走著自己的路，沒有一個人看他們，理睬他們，這些人的服飾很奇異，好像是很古老的年代才有的。而且，所有人的臉上都沒有表情，顯得木然、機械，就像死人一樣，與月戰木然的表情有著天大的區別。

褒姒感到很奇怪，走上前去，向一個人問道：「請問這裡是什麼地方？」

那人停也未停，更沒有回答，逕自走著自己的路。

褒姒又攔著一個人問，結果還是一樣，沒有得到任何回答。

褒姒心忖道：「奇怪，這裡是什麼地方？這些又是什麼人？爲何對人不予理睬？」

褒姒又看了看街道的佈局和建築的風格，看起來和典籍中提到有關幻城的一模一樣，而且年代看起來似乎顯得很久遠。

「難道這裡是淹沒了的幻城文明？」

褒姒爲自己這個念頭吃了一驚，如果是的話怎麼會出現在地底呢？而且保存如此完整？不是說已經被風沙所吞沒了麼？

褒姒往頭頂一看，發現頭頂都是用巨石壘砌而成的，只有他們剛才進來的地方有一塊可以左右移動的石塊，此時已經合閉。

這顯然是早在多年前，幻城文明尚未淹滅之時便已經建好的地底城市。似乎當時的人早已料到會有毀滅之災，在地底建造了一座可以生活的城市。

如此大的工程簡直不敢想像，足見當時幻城的財力、物力和幻城人們的智慧。

褒姒心中驚歎不已。

但這些來來往往、不說話的人又是怎麼回事呢？這裡沒有一點生氣，彷彿人都已經死去。

月戰這時對褒姒道：「公主，這裡很奇怪，所有來來往往的人，都沒有一點氣息，而且四肢冰冷，體內沒有血液流動，也沒有心跳，我看我們還是儘快離開這裡爲好。」

褒姒凝神靜氣，以自己的精神力對來來往往的人進行感應，發現月戰所說絲毫不差，這種怪異的情況，使褒姒背心直透涼氣。

褒姒點了點頭道：「好，可我們現在從哪裡離開？」她望向頭頂高有上十米，已被石塊封住的進口。

月戰身形拔地而起，右手凝聚起功力，直轟頭頂的巨石。

「轟……」一聲巨響，沙塵飛落，但那塊石塊卻絲毫無損，那些來來往往的人對這巨響也沒有絲毫的反應。

月戰駭然道：「原來上面的石頭是比鋼鐵還要硬的冰川寒石，怪不得這裡面感不到一絲熱意。」

殘空皺了皺眉頭，道：「看來我們要另找出路了，以人力根本就不能震碎這冰川寒石。」

「嗚……」這時，傳來一聲長長的、低沈的聲音。

所有大街上來來往往的人都停了下來，凝聽著聲音傳來的方向，然後所有人都自覺排成隊，向聲音傳來的方向走去，這聲音似乎有一種魔力。

三人對視了一眼，不知道這是怎麼回事。

但不可抑制的好奇心和一種莫名的魔力驅使著他們跟了上去，三人排在了這些沒有一點生氣的人的中間，一步一步，隨著這些人的步伐向前走去。

穿過了五條街，走了大概兩里多路，每條街上都有著無數的人向那聲音傳來的方向走去，每一個人的臉上都同樣沒有一絲表情。

這些沒有生命、卻可以行動的人多得令褒姒驚歎不已，更讓褒姒心中升起了恐懼感。她的腳不自覺地跟隨著這些人走著，彷彿有些不受大腦的控制，而那嗚嗚的聲音在腦海中卻顯得異常清晰。

終於，他們都停了下來。他們所處之地是一個大型的廣場，比雲霓古國的天壇廣場要大十倍，廣場上站滿了黑壓壓的人，至少不下於十萬。

而在廣場的中間，有一個高出廣場三米的圓形石台，石台的直徑至少有十米。

在石台的中間有一棵樹，樹沒有葉子，它的樹枝像樹根一樣在這座地下城市上空的石壁上延伸。

褒姒發現，這些樹根一樣的樹枝延伸到地下城市上空的每一個角落，彷彿是這座地下城市的血脈。

雖然它的樣子並不像樹，但褒姒第一眼看到它，便想起了樹。

「生命之樹，被詛咒了的城市。」褒姒聽到自己的腦海裡有一個聲音在這樣說著。

是的，被詛咒了的城市。她忽然記起師父天下曾說過，上古時期，有一種隱秘的魔咒力量，可以讓整個城市滅亡，但這種魔咒只有在人類接觸到不該接觸到的領域，也就是說，遭到上蒼封禁的領域，才會被詛咒，這種隱秘的魔咒才會產生力量。

難道曾經的幻城文明是因爲觸犯了上蒼的封禁，才會毀滅？而這些沒有靈魂的行屍走肉是被詛咒了的幻城人們？

褒姒的臉變成了鐵青色。

能使一個城市的人失去靈魂，變成行屍走肉。好可怕的力量！

但，曾經的幻城人又是觸犯了上蒼什麼樣的封禁？以至於會受到這等殘酷的懲罰！

這時，從那棵樹上，發出的嗚嗚聲停止了。

偌大的廣場，一片死寂，一種無形的魔力在廣場上空蔓延。褒姒、月戰、殘空聽到了自己的心跳，心跳聲也構成了廣場唯一的聲響。而且，他們發現自己的心跳愈來愈快，愈來愈響，甚至要從胸膛裡面跳出來一般，令人無法控制。

那棵奇異的樹發出了幽藍色的光體，樹幹、樹枝變得透明，有著血液一般冰藍色的液體在樹幹、樹枝內流淌。

那魔力彷彿就是這樹所散發出來的。

幽藍色的光體隨著樹幹、樹枝內冰藍色液體的流淌，漸漸飄散開來，向廣場的每一寸空間擴展。而這些沒有靈魂的行屍走肉，卻都閉起了眼睛，貪婪地吸食著這幽藍色的光體。

褒姒、月戰、殘空大奇，難道這些沒有靈魂的行屍走肉，就是靠著這棵樹提供的幽藍色的光體才能夠保持活動能力的？

正當三人感到奇怪之時，這幽藍色的光體也飄進了他們的鼻子。

不知不覺中，他們感到了自己的意識漸漸迷糊，眼前看到的東西也開始變得不真實，接著，三人便癱瘓般躺在了地上……

第廿章 人魔一體

朝陽閉著眼睛在假寐。

此時，他正斜靠在雲霓古國皇宮御花園的一座涼亭的立柱上。陽光很明媚，御花園內蜂飛蝶舞，沒有其他人存在。

這些天，他總是一個人待著。但現在，他是在等待一個人。遠處，有腳踩石子路面所發出的腳步聲。

他所要等的人似乎已經來了，但他的眼睛仍沒有睜開。

當腳步聲來到朝陽耳邊的時候，他說了聲：「請坐。」

來的人是天衣，也是朝陽所要等的人。天衣剛從天牢來到這裡，他坐了下來。

朝陽閉著眼睛道：「天衣大人這些天可好？」

天衣道：「你要見我，想必不是爲了說這句話吧？」

朝陽道：「當然。但我希望天衣大人這些天過得還好。天衣大人是我見到的，少有的、值得欣賞的人之一。」

天衣不冷不熱地道：「多謝誇獎，但我從不喜歡聽到別人的恭維之詞，我的屬下也沒有一個逢迎拍馬之人。」

朝陽毫不介意，道：「這也是我欣賞天衣大人的優點之一，我喜歡真實和一絲不苟的人。」

天衣冷笑一聲，道：「雲霓古國有一句諺語：閉著眼睛說瞎話。如果你所要說的都是這些話，我想我可以走了。」說罷，起身便走。

朝陽閉著眼睛，也沒說什麼，更沒加以阻攔，只是隨手從涼亭石桌上端起一杯茶，小啜一口，隨即又放下，側動一下身子，以便充分享受陽光的溫暖。

可這時，已經離開涼亭的天衣又轉了回來，道：「我天衣從不會打啞謎，如果你有什麼話便說。」

朝陽微微一笑，旋即睜開眼睛，道：「天衣大人似乎變得有些性急了。其實，我只是想請天衣大人共飲幾杯，上次在那個小茶樓裡，我們沒有來得及好好地喝上兩杯。」

言畢，拿起早已備好的酒，給天衣和他自己各斟滿一杯。

天衣見狀，便在朝陽對面的石凳上重新坐下。

朝陽舉起酒杯，兩人共飲。

天衣喝完，放下酒杯，道：「有什麼話你就說吧。」

朝陽一笑，道：「既然天衣大人想我說點什麼，那我便說點什麼。」隨即將自己的酒杯重新斟滿，又輕啜一口，好整以暇地道：「我要重新給天衣大人自由。」

「給我自由？」天衣吃了一驚，但很快他便顯得平靜，道：「如果你以爲我會爲了自由而出賣自己的話，我想你錯了，我絕對不會與魔族有任何關係。」

「魔族？哈哈哈……」朝陽大笑道：「天衣大人能夠告訴我魔族有何不妥嗎？也許，當你真正認識魔族的時候，你會發現魔族不知比人族、神族可愛多少倍，他們不會去掩飾自己的欲望，不會掩飾對事情的真實看法，有著自己其實的本欲，不像人族都戴著虛僞的面具，更不像神族，自視甚高，愚弄著眾生。」

天衣道：「但魔族所做的都是窮兇極惡之事，所過之處，留下的都是殘殺！」

「因爲魔族若是不殺別人，就會被別人所殺死，爲了生存下去，他們只有比人族、比神族變得更兇狠。幻魔大陸本就是一個弱肉強食的世界，而人數極少的魔族要想在這一片大陸上生存下去，除了讓別人知道他們的兇狠、殘忍之外，別無他法，這是他們的生存法則。只有深知這種生存法則，掌握著自己的命運，他們才能夠在這個世界上活下去！他們一直都在與自己不公平的命運鬥爭。」

天衣冷冷地道：「所以，那晚，你要下令將所有人族都給殺了？」

朝陽眼中透著殺意，道：「他們都該死，魔族已經被他們壓迫得太長時間了，這是他們的代價。只是可惜，他們最終被歌盈給愚弄了，以至大多數人都死在歌盈的炸彈之中。」

天衣道：「那你爲何不將我也殺了？」

朝陽一笑，意味深長地道：「因爲你也有一顆魔族人的心。」

天衣聽出朝陽話中有話，道：「你這話是什麼意思？」

朝陽道：「你想知道自己的真實身分嗎？」

「我的真實身分？」天衣不解。

朝陽道：「那就讓我來告訴你，你也是魔族之人，你的體內流著魔族人的血！」

天衣大聲道：「你胡說！誰都知道我是人族，是雲霓古國的禁軍頭領！」

「聖主沒有胡說。」

這時，安心向涼亭這邊走來。

天衣看著安心道：「我知道你的身分，你是陰魔宗的魔主安心。」

安心道：「也是你父親。」

天衣冷聲道：「我想你是在罵自己。」

安心道：「你從小生活在一個農人家裡，五歲的時候開始每天做同一個夢，在夢裡有一個人教你武功。八歲的時候，你發現自己體內有另一個自己，也是魔族中人天生便有的元神，通過每天夢裡武功的修煉，你已經能夠感受到它的存在。十歲的時候，你第一次殺了人，被殺者是與你從小一起玩的朋友，叫剪瞳，被殺的原因是他突然從背後撲向你，你的元神感應到了危險，幾乎沒有任何猶豫，你手中用來砍柴的刀便劈向了他，這件事你沒有讓任何人知道。十二歲的時候，你獨自一人離開了家，開始遊歷幻魔大陸，想成爲一名遊劍士。十五歲的時候，你遇到了空悟至空，他指點了你的武功，並且說，如果你能夠遇到可以讓你看到『空』之人，那你就圓滿了，可以達到『虛』境。而由於你執迷於劍道，只有劍才可以讓你看到『空』，這樣的劍，只有意劍，只有聖主才有的意念之劍。十七歲的時候，你認識了你的妻子思雅，便結束了你遊劍士的生涯，來到了雲霓古國，直至成爲禁軍頭領。這就是你一生中所遇的重大事件簡歷，當初是我在你兩歲的時候將你送給那農戶的，就是爲了讓別人以爲你是人族之人，你成爲雲霓古國的禁軍頭領，也是我在暗中的安排。」

天衣聽得呆了，安心所說的經歷，一點都不差，特別是五歲時的夢中習武，十歲時將剪瞳殺死，根本就沒有人知道這些事，他也從未向人提及過，而安心卻如此的清楚，難道真的如安心所說，自己是安心的兒子？是魔族之人？不！這絕對不可能，自己不會是魔族之人，也不可能是魔族之人……

「你在騙我，你們全都在騙我，我不會是魔族之人！」天衣幾乎是嘶吼著道，他無法接受這樣一個事實。

安心道：「我沒有騙你，每一個魔族之人從出生的時候便有一個標記，在胸口的最中心位置，這也是人族與魔族的區別所在。」

「但我身上沒有！」天衣吼道。

安心道：「我知道。爲了不讓人知道你的身分，我將你的標記從你的體外移植到你的體內，每當你行功的時候，在你的胸口，你便會看到一對有黑色翅膀的人在烈火中涅槃重生，那便是魔族中人的標誌。」

天衣自是知道自己有這樣一個標誌的存在，這也是他深藏在心中沒有讓任何人知道的事情，包括他死去的妻子思雅。

天衣顯得無言以對。

安心接著道：「本來我打算在舉行祭祀儀式的那一晚讓你知道自己的身分，但聖主的出現，讓我並沒有這樣做。你是我多年前就安排好的，爲的就是能夠在關鍵的時候能夠幫助魔族。我事先沒有讓你知道真相，也是爲了你身分的隱藏，而我也一直在關注著你，暗中幫助你，莫西多便是加以利用的契約者。你是我一直隱藏的王牌。」

原來安心口中說的王牌竟是天衣，這是任誰都沒有想到的事情。

天衣道：「那你爲何不通過我直接控制禁軍？那樣豈不比利用四個督察有利多了？而且更容易控制整個帝都！」

安心道：「因爲聖摩特五世並沒有完全信任你，他一直都派人暗中監察你。而且，我們最大的敵人不是聖摩特五世，而是神族，聖摩特五世並沒有讓你知道一點關於神族的事，而我當初之所以如此安排，主要是爲了對付神族，神族沒有出現，我便不敢暴露你的身分。」

「那你現在又爲何要告訴我這些？」天衣道。

安心道：「因爲聖主要你去辦一件事。」

天衣一時之間無法接受，冷笑道：「說了這麼多，原來你們只是想利用我去爲你們辦事。」

朝陽這時道：「也是爲你自己辦事！」

「爲我自己辦事？」天衣不解地道。

朝陽道：「是的，爲了你的妻子思雅。你的妻子並沒有死！」

「思雅沒有死？你說思雅沒有死?!」天衣吃驚萬分。

朝陽道：「她此刻在西羅帝國，她一直在等待著你去見她。」

「她怎麼會在西羅帝國？」

安心回答道：「我知道你愛思雅，我沒有讓她死，但我不能讓她拖累你，是我把她送到西羅帝國的，在西羅帝國，有人可以很好地照顧她。聖主今次就是讓你去西羅帝國見一個人。」

「誰？」天衣道。

「西羅帝國君主安德烈三世……」

影子睜開了眼睛，他所見到的是一個陌生的環境，到處散發著一種陌生的氣息。

這已經是第三次讓他有找不到自己，不知身在何處的感覺了。

第一次是來到幻魔大陸，躺在大皇子的床上，第二次是出現在那個山谷裡的草舍內。這一次，他看到的是一副棺材，一個巨大空曠宮殿裡的水晶棺材。

影子的記憶還停留在與朝陽在天壇太廟的決戰，停留在聖魔劍刺穿了自己的胸膛，眼前陌生的一切讓他感到暈眩，但他並沒有以爲自己已經死去。死是一種很超脫的精神體驗，但此刻他有著肉體的負累，他的胸口還痛。

他走向那水晶棺，水晶棺內有一個熟睡的女人。

影子實在無法將她與死聯繫在一起。她的嘴角有著淡淡的笑，只有暢遊於甜美夢境才有的笑。

這種笑有一種魔鬼般攝人心魄感，就像一顆子彈快速穿透人的胸膛，讓人窒息，有著讓人酣暢淋漓的痛楚加痛快。

影子的注意力全集中在這個女人的笑上，他絲毫沒有注意到在水晶石棺內女人的旁邊，有著兩行字：上蒼的封禁，魔鬼的詛咒。

影子不知道自己爲何會來到這樣一個地方，但此刻的他，顯然已經無法顧及到這一點。

女人是一種毒藥，絕美的女人更是見血封喉的。而一個已經睡去，或者說已經死去的女人，對人產生的誘惑力則不知用什麼來形容。

反正，此刻的影子顯然已經喪失了對任何事情的判斷能力，管它是什麼毒藥，也不去想它。誰又說毒藥的味道一定讓人感到極大的痛苦呢？誰又說毒藥不能給人帶來除了痛苦和死亡之外的東西？

影子的腦海裡陡然填滿了一種欲望，一種想佔有這個女人的欲望。他要打開水晶石棺，他要將這個沈睡的女人喚醒，就像王子喚醒沈睡的白雪公主一樣，或許只要給她輕輕的一個吻，她的笑便會更燦爛。

影子尋找著水晶石棺的開口，終於，他找到了一個按鈕，在按鈕的旁邊又刻著二行字：開啓上蒼的封禁，魔鬼的詛咒便會降臨於人世。

但影子顯然沒有去看這些字，他的手毫不猶豫地將按鈕按了下去。

一剎那間，他的思維停止了。

水晶石棺緩緩開啓，女人睜開了眼睛，她臉上的笑確實更燦爛了，是一個女人所擁有的笑的極致。

誰也不可否認，這樣的笑會讓蒼生爲之傾倒，會讓人的靈魂在剎那間窒息。

女人坐了起來，她的樣子有著從甜美的夢中醒來後的一點點慵懶，但這種慵懶的表情也會讓人心跳停止。

女人看了一下四周，這個熟悉而又陌生的世界，輕啓檀口，顯得有些幽幽地道：「又是一個長長的夢，又是一次醒來，看來人類最大的弱點便是經受不住美的誘惑。詛咒……又要開始了。」

女人的甦醒一下子讓影子的頭腦清醒了許多，他道：「你是誰？」

女人看著顯得有些呆呆的影子，燦爛地一笑，然後在影子的唇上輕輕親了一下，極爲嫵媚地道：「你不用知道我是誰，但我知道你是一個傻子，一個看到漂亮女人就發呆的傻子。」

是的，這確實是一個漂亮的女人，比褒姒、法詩藺更驚豔。她的美是深入骨髓的。

影子感到自己被女人接觸的唇上，就像有一個漣漪在擴散，一種魔力讓他全身都酥軟，下身有了最爲本能的反應。

影子說不出話來。

女人嫵媚地一笑，似水做的手指輕輕地在影子的臉頰上緩緩滑過，然後捧起他的臉，舌尖又在影子唇上、耳根、眼睛、頸部……各個敏感部位輕點著。

影子傻傻的，一動不動，而女人的舌尖每與影子相接觸的一剎那，便讓影子的思維凝滯著，那種酥麻的感覺就像層層波浪將他推向妙不可言的境界，讓人無法思想。

影子的上衣不知被女人怎樣褪去，她那充滿魔力的小香舌已經從頸部滑到胸部，一雙柔弱似無的手如靈蛇一般在他身體上滑動著，而且像音樂一般，有著韻律性，配合著舌頭的輕點滑動。

影子仍是一動不動，他的心不受控制地狂跳著，他根本就沒想過去控制它，肆意泛濫的感覺讓他身不由己。

女人的舌尖已滑至聖魔劍刺傷的地方，她的舌尖停止了運動，而她的雙唇則開始在傷口處輕輕吮吸著。

尚有著隱隱疼痛感的傷口由於女人的吮吸開始變得無比舒適和愜意……

影子渾身已經沒有一點點力量，意識彷彿也已經飛出了身體之外，剩下的只是無比美妙的感覺。

而這時，血，卻通過傷口源源不斷地流進了女人嘴裡，女人雙手對影子身體的撫摸也停止了，全神貫注於吮吸。

寢宮內一片死寂，陣陣冷風吹動著紗縵，女人對血的吮吸，竟發出貪婪的聲音。

影子似乎沒有一點感覺，但他的心跳卻明顯開始減緩了。

突然，女人從影子身上彈跳而開，身形重重地撞在牆壁上。

影子神志一下子清醒過來，他感到了傷口重新被撕裂所傳來的疼痛感。他低頭看去，看到了一縷鮮血正沿著傷口流下。

清醒了的影子一下子明白了這是怎麼回事，這女人是在迷惑自己的心智，而貪圖自己的鮮血。

怎麼幻魔大陸什麼樣的人都有？

影子向那女人走去，可頭腦一陣暈眩，幾欲跌倒。他用手支撐著水晶石棺，使勁搖了搖頭，想驅散暈眩之感。

他重新抬起頭，望向那女人，開始向那女人走去。可由於舊傷未癒，適才又失血過多所造成的虛脫感，讓他的雙腳如踏在雲端。

影子強撐著走到女人面前，他的手中出現了一柄飛刀，指著女人，厲聲道：「你到底是誰？」

女人彷彿受到了極大的創傷，她動了一下，臉上卻露出痛苦的表情。她的嘴角還留著血絲，不知是影子的，還是她自己的。

影子再一次厲聲道：「說，你到底是什麼人？想幹什麼？」

女人卻答非所問地道：「我動不了了。」

影子眼中射出殺意，道：「你若是不立即回答我的問題，就休怪我殺了你！」

女人楚楚可憐地道：「你爲什麼要對我這麼凶？我動不了，你還對我這麼凶。」

彷彿這是影子的錯，而不是她的。

影子感到自己差點要跌倒，他再一次提高自己的音量，道：「你馬上回答我的問題！」手中的飛刀已經處於待發之勢。

女人彷彿並沒有意識到所面臨的危險，她楚楚可憐的眼神望著影子的眼睛，顯得萬般委屈地道：「你爲什麼要對我這樣？難道你不喜歡我嗎？難道我不是天底下最漂亮的女人嗎？別人總是寵愛著我，而你卻對我這樣……」

影子手中本欲再不回答便射出的飛刀不禁遲疑著，他不知道自己爲何不將飛刀射出去。在他心中，明明知道這個女人要殺他，難道是因這個女人的美貌和她楚楚可憐的眼神嗎？

女人這時又道：「你能夠扶我起來嗎？我的腰撞在牆上撞疼了。」眼神中透著哀求。

影子想說一個「不」字，但他並沒有能夠說出這個字。他不知道自己是不是應該遵照這女人的話，去將她扶起來。

女人彷彿看穿了影子的心思，道：「不要緊的，你只是扶我起來而已，女人是應該被男人呵護的。」

影子的手不自覺地伸了出去，但在半空中，手卻又凝定了。因爲他發現總是被這個女人牽著鼻子走，在這個女人面前，他似乎絲毫沒有主見。

他收回了自己的手，轉身離開了。

他必須控制自己的心神。

女人見影子離去，掙扎著起來，卻「哎喲……」地嬌叫一聲。

影子的心震了一下，腳不自覺地停了一兩秒，但僅僅只是一兩秒，他不能夠讓自己回頭。這個魔鬼一般的女人總是讓他不能自已。

女人在背後笑了，是那種征服了一個男人的笑。她始終相信一個原則：不管是男人、女人，還是朋友、敵人，都是相互征服的。這種征服不是一種暴力性的戰勝，而是一種俘獲，通過容貌、氣質、修養、內在美，甚至身分、地位，俘獲對方的心，瓦解對方的自我，而在這種相互征服的過程中，第一次征服最爲重要。

女人的笑無疑已經證明了自己對影子的征服。

失血過多的虛脫感使影子必須儘快地休息，他沒有能力殺女人，但他不能夠再讓女人靠近他。他尋了一個離女人最遠的地方坐了下來，背對著她道：「如果你敢靠近我十步之內，我必會殺你。」

言畢，一道寒光劃破虛空，飛刀射在了女人的腳尖前。

女人這時卻道：「你難道不想知道我是誰？我爲什麼會睡在水晶石棺裡嗎？」

這個女人，在影子下定決心先好好休息一下的時候，卻又來問這個問題。

影子沒有出聲。

女人又道：「我已經在這水晶石棺裡睡了一千年，是你讓我重新醒了過來，難道你不想知道這是爲什麼嗎？」

影子聽得一驚，剛才他是在完全被這女人所吸引、毫無自我意識的情況下開啓了水晶石棺，卻沒想到女人在裡面睡了一千年！他明明記得自己是在雲霓古國的天壇太廟，怎麼會到這裡來開啓水晶石棺？而這裡又是哪裡？這個睡了一千年的女人又是誰？四大執事有沒有將朝陽困住？決戰的結果又怎樣？

女人的話勾起了影子心中許多的疑問。

這時，女人又道：「你知道嗎？每一個讓我重新醒來之人，我都會是他的人。我現在已經是你的女人了。」

「你胡說！」影子陡地轉過頭來，道：「你剛才明明想吸乾我的血，還說什麼是我的女人！你以爲我是弱智白癡麼？你是誰？到底有什麼企圖？」

女人顯得萬般委屈地道：「我剛才吸你的血是因爲我剛醒來，體內需要鮮血，也只有我的體內流著你的血，我才會成爲你的女人。而且，我也會將我的血輸給你的，可你體內有一股莫名的力量將我彈開了。」

影子冷笑道：「你找這樣一個藉口未免顯得牽強了些吧？你以爲我會信？」

女人道：「你爲什麼不相信我呢？難道我真的那麼令你討厭麼？如果你覺得我真的那麼令你討厭，就讓我重新睡去吧。我也只好再等一個千年了。」

她的樣子仍是那麼楚楚可憐，令人不忍傷害。

影子道：「我知道你對自己的美貌有足夠的自信，你又何必說出這等沒趣的話來呢？」

女人不禁潸然淚下，道：「你爲什麼總是要讓一個女人傷心呢？」

影子偏過了頭去，他怕自己在女人的眼淚面前把剛有的自我給喪失掉。他問自己，這到底是一個怎樣的女人？

影子忽然站了起來，他不管這是一個什麼樣的女人，他必須儘快離開這裡，儘快離開這個女人，也不管剛才她是不是想殺他！

第廿一章 月魔一族

影子的眼睛四處搜尋著，他終於看到了一扇門，他強忍著失血過多所帶來的暈眩感，快步向門走去，腳步踉踉蹌蹌。

就在影子要推門而出的時候，女人道：「你若是這樣離開這裡，你會後悔的。」

影子的手停止了所有的動作，背對著女人，道：「爲什麼？」

女人道：「你難道沒有看見水晶石棺上所刻的字嗎？」

「什麼字？」

「上蒼的封禁，魔鬼的詛咒。」女人道。

「我不明白你的意思。」

「你觸犯了上蒼的封禁，魔鬼的詛咒將會降臨世間，就像幻城的淹沒一樣。」

影子道：「你說你是上蒼的封禁？」

女人一笑，卻不回答，只是道：「你是我見到的最爲特別的一個男人，沒有一個男人可以拒絕我的。」

「因爲你以前沒有碰到我。」影子道。

「你很自信。既然如此自信，你爲何不敢看我？這說明你對自己還是沒有足夠的自信。」

「這個問題不用你來回答，我自己知道自己擁有的是什麼。」影子道。

「既然如此，你便走吧，世界會因你而改變的。」

影子站著沒有動，他無法確認女人的話。他只是知道，任何事都不會毫無理由地存在，就像這個睡在水晶石棺內的女人。

女人又道：「我知道你對我感到奇怪，我是月魔，這裡是月魔神殿，你是受到月魔之子的召引來到這裡的，目的就是爲了讓我重新醒來，也只有你才能夠讓我重新醒來。」

影子扭轉過了頭，道：「我不知道你在說什麼，我也從未聽說過什麼月魔，你不用拿這些東西來騙我。你口中所謂的月魔之子我也不認識，我相信你是認錯人了。」

自稱月魔的女人道：「你可以認爲我是在騙你，但事實是因爲你我才醒了過來。我知道你想逃避，怕面對事實，怕又有什麼事情與你聯繫在一起，又是什麼宿命的安排。你放心，你讓我醒來與宿命並沒有任何關係。」

影子道：「是嗎？難道你不受上蒼的控制，可以逃避宿命的安排？」

月魔道：「是的，我的命運是不受上蒼控制的，你們口中的上蒼——他怕我！」

說這話的時候，月魔臉上有極度傲然的笑，那是超越宿命輪迴者的驕傲，是擁有可以與天抗衡的力量者的尊嚴。

影子大吃一驚，他從沒見到一個人在說出這種話的時候有著如此驕傲的笑容。他怎麼也不能從此刻的月魔臉上，找到先前楚楚可憐的模樣。他也找不到任何理由說服自己，月魔所說的話是狂言妄語，是不可信的，特別是「他怕我」三個字。

月魔，真的可以逃避上蒼命運的安排？

影子讓自己鎮定了一下，道：「你剛才所說的『上蒼的封禁，魔鬼的詛咒』是什麼意思？」

月魔道：「你想知道？」

「當然。」影子答道。

月魔道：「好，既然你想知道，那我就不妨告訴你。因爲我並不是屬於上蒼所創造的人、神、魔之族的任何一族，我是月之女，是被遺忘的月魔一族，是天地間的靈者！」

「月魔一族？你不就是月魔麼？」影子疑惑地道。

「是的，月之女也便是月魔，代表著月魔一族，我們信仰著月之神靈，是月之神靈以偉大的月的能量創造我們月魔一族，我們掌握著神秘的月的能量，我們在地下建造著自己的城市，擁有著與人、神、魔三族都不同的生活。我們與世無爭，沒有人知道我們的存在。但有一天，狡猾的人族闖進了我們的世界，偷走了我們賴以生存的月石。沒有了月石，供給我們生存的能量也就消失。我們來到了地面，瘋狂地尋找著，想盡各種方法，都沒有將月石尋找到。於是我們憑藉掌握著神秘的月的能量，屠殺著地面上的各族類，喝著他們的鮮血，因爲只有他們的鮮血才可以讓我們繼續生存下去。那個偷走月石的人終於害怕我們月魔一族所掌握的月的能量，答應將月石送回我們生存的地下，但當我們所有的族人回到地下所居住的城市的時候，才知道又一次被騙了。那人竟然掌握了月石的巨大能量，利用契約魔法將所有族人全部封禁，成爲沒有靈魂的行屍走肉。而我們全體族人在知道上當的那一刹那，以月之神靈的名義，發出了最爲惡劣的詛咒：若是月魔一族能夠重新醒來，人類必會以十倍的代價作爲補償。而族人所有詛咒的力量全部都聚於我身上，若是我醒來，詛咒也就會立即應驗，而且這個詛咒每隔千年便會發生一次。一千年前的幻城文明，就是因爲我的醒來，詛咒的生效，一百多萬人全部死於突然降至的酷熱天氣，而幻城也便變成了今天的沙漠。」

影子驚駭地道：「你爲什麼要告訴我這些？」

「因爲我要你幫我找回月石。」月魔道。

「月石？你爲何要我幫你找？」影子轉念一想，忙道：「不對，你存在於一千年前，又怎會知道今天我的存在？而且，你不是說所有族人都被封禁了麼？你先前又提到是月魔之子將我帶到這裡來的。況且，既然你也被封禁了，爲何隨便一個人便可以讓你醒來？」

月魔道：「因爲並非所有的月魔一族都被封禁，而每隔千年輪迴，在沈睡中積蓄的能量與月心相通，可以壓制封禁的力量。這時，只需一個心神能與我產生共鳴的人便可讓我醒來。在一個月前，我沈睡的心通過月的感應知道你的存在，也就是說，你是能夠與我心神產生共鳴的人，你要幫我月魔一族找回月石，否則，千年的詛咒將會真的降臨於人類。」

「什麼意思？難道詛咒還沒有開始？」影子道。

「只有一年的時間，若是一年內找不到月石，我會重新睡去，而詛咒也就開始。」月魔回答道。

影子無法肯定這些話是否爲真，但他知道自己已經又與一些莫名其妙的事情聯繫在一起了。

他自嘲地一笑，道：「如果我不答應幫你找回月石，幻魔大陸的人便會因我而遭殃？」

月魔道：「可以這麼說。」

影子道：「如果我現在將你殺了，詛咒還會不會生效？」

月魔沒有回答，她望著影子的眼睛，反問道：「你會殺我嗎？」

影子的眼睛一動不動地迎上月魔的目光。

兩人對峙著。

而一刻鐘過去，影子發現自己根本就不能夠聚起一點殺意。非但如此，他的心中已經開始類比著月石的形狀，也就是說，他的心裡已經答應了月魔。

當影子意識到自己心裡的想法時，他不知道自己到底是怎麼回事。他無法與自己獨來獨往、無牽無掛、有著完全自我的個性連繫起來，他似乎情願擔負著這一重任。

這不是他自己。

爲了掩飾心中的真實想法，或者說，他害怕這個不認識的自己的出現，影子突然哈哈大笑，道：「我爲什麼要相信你的話？你的話怎麼聽來都像是一個神話故事，一切都是你說的，我又怎麼能相信你的話？」

月魔似乎看穿了影子的心思，極爲嫵媚地一笑，道：「我可以讓你相信我的話。」

月魔向影子走來，影子看著她，月魔又在影子雙唇上親了一下，柔聲道：「記住，當我們打開這扇門時，我們就是一體的，我也便是你的女人，我的體內流著你的血。」

影子的腦海中陡然出現了法詩藺的面容。

而這時，月魔已經將影子背後檀木雕刻的門打開了。

可瑞斯汀來到朝陽的寢宮外，她站了半天，卻沒有敲門。

正當她轉身欲離去之時，裡面傳來了朝陽的聲音。

「聖女既然來了，就請進吧。」

可瑞斯汀只得推開門，有些拘謹地道：「聖主。」

朝陽正坐在窗前，手中拿著一本書在看，神情專注。

可瑞斯汀在朝陽身旁坐了下來，並給朝陽斟滿一杯茶。

朝陽看著書道：「聖女有事？」

可瑞斯汀沒有直接回答，卻道：「聖主變了。」

朝陽道：「是嗎？人總是會變的。」

「可聖主變得連我都不認識了，這些天對人從不理睬，只是獨處在自己的世界裡。」可瑞斯汀言辭有些激烈地道。

朝陽轉過頭望著可瑞斯汀，平靜地道：「聖女今日情緒似乎有些不對？」

可瑞斯汀大聲道：「不要叫我聖女！叫我可瑞斯汀，或是會臉紅的『男人』也好，我不是你的什麼聖女！」

朝陽望著可瑞斯汀，沒有說話。

可瑞斯汀流下淚來，哽咽道：「你爲什麼要對我這樣？難道我做錯了什麼嗎？就算做錯了，你也可以罵我、罰我，爲何對我不理不睬？難道我在你心中只是一個魔族的聖女嗎？」

可瑞斯汀將這些天心中積蓄的鬱悶全部拋了出來。

朝陽的表情仍是淡如止水，道：「聖女這些天可能是累了吧，需要好好休息一下，所有的事情都交給四位長老便可。」

可瑞斯汀抿著嘴唇，淚如泉湧。

良久，她道：「你好狠心！」轉身向外衝去。

「站住！」剛衝出門口，朝陽的聲音在背後響起。

可瑞斯汀停了下來。

朝陽道：「進來。」

可瑞斯汀強忍著想哭出來的衝動，道：「聖主還有什麼事情嗎？」

朝陽道：「我只是讓你進來。沒有人可以違抗我的命令！」

可瑞斯汀全身都抽動著，她努力克制自己不要哭，擦乾了眼角的淚水，轉過身來，重新走進了寢宮。

可淚水還是忍不住流了下來。

朝陽道：「你一定感到很委屈，但你知道我爲什麼會對你這樣嗎？」

可瑞斯汀哽咽著道：「聖女不知。」

朝陽道：「因爲有一件事你在瞞著我，我一直在等著你說出來，但你一直都沒有珍惜我給你的機會。」

可瑞斯汀渾身一震，道：「我不知聖主這話是什麼意思？」

朝陽道：「既然聖女不願說，我也不強求你，但我可以告訴聖女一點，你的演技並不怎麼好，就像我在劍士驛館第一眼就看出你是一個女人一樣。」

「我……」可瑞斯汀不知該說什麼好。

朝陽將目光重新投到手中的書上，道：「如果聖女沒有其他事情，現在可以離開了。」

可瑞斯汀站著沒有動，道：「難道聖主連他們都不放過？」

朝陽沒有再說什麼，神情專注於手中的書頁上。

片刻，可瑞斯汀道：「好，既然聖主想見他們，我就帶他們來見聖主，一切任憑聖主裁決！」

說完，可瑞斯汀大步走出了寢宮。

朝陽的眼睛一動不動。

可瑞斯汀離開後，陰魔宗魔主安心來到了門外求見。

朝陽淡淡地道：「進來吧。」

安心在朝陽身側恭敬地站定，等待著朝陽的示下。

朝陽道：「我要你辦的事情辦得怎麼樣了？」

安心回答道：「稟聖主，屬下已派人查遍了整個皇城，親自到大皇子府，也問了有關之人，都沒有找到羅霞的下落，而且一點蹤跡都沒有留下，就像憑空消失了一般。」

朝陽沈默不語。

安心接著道：「不過屬下有另一點發現。」

朝陽道：「有話你就說吧，不必賣關子。」

安心看了一眼朝陽，道：「據那晚在天壇太廟的族人描述，救走影子、褒姒公主、殘空、月戰四人的是一個女人。」

朝陽顯得有些意外，他望向安心，道：「你是說救走他們四人的是羅霞？」

安心道：「當時在混亂的情況下，屬下並沒有看清她的面貌，但從其身形來看，與羅霞極爲相似，而且她當時是一身勁裝，蒙著面。」

朝陽思忖著，然後道：「安心魔主可以給我一個理由嗎？但不要告訴我，她僅僅是爲了救走影子。」

安心答道：「屬下已多方思量，除此之外，再也找不到什麼合適的解釋。就算有，也只是一些不成熟的想法，不堪一提。」

朝陽一笑，道：「安心魔主是怕我怪罪於你麼？就算是完全沒有理由的猜測，也不妨說來聽聽。」

安心道：「屬下先前曾讓莫西多調查過羅霞，除了她不是雲霓古國之人外，其他的什麼都沒有查到。按照雲霓古國以往的慣例，像羅霞這般外人是不能夠成爲大皇子府的侍衛長的，但當時的古斯特要了她。依屬下看來，這有兩種可能：一是古斯特深愛她的容貌和才能；二是羅霞早有預謀，她來雲霓古國就是爲了達到某種目的。但一個沒有來歷的人可以成爲大皇子府的侍衛長，而不被人所追查，其來歷顯然非同一般。」

朝陽道：「安心魔主的意思是說，羅霞是代表著一種勢力？」

安心道：「這只是屬下的猜測，但羅霞顯然不是神族中人，也並非西羅帝國之人。」

朝陽點了點頭，道：「這樣說來，羅霞所代表的是第三種勢力？」

安心道：「這也是屬下所擔心的，但這第三種勢力背後究竟代表的是誰，屬下一直想不清楚，所以屬下並沒有剛開始便向聖主提及。」

朝陽自語般道：「一個沒有來歷的人……第三種勢力……從不被人所注意，等待時機救走他……」

安心這時又道：「剛剛接到聖主派去追殺之人的探報，他們已經進入幻城這片沙漠，但自從進入幻城之後，便沒有了他們的消息。」

「幻城?!沙漠?!」朝陽彷彿記起了什麼：「月魔一族！」他手中的書正提到幻城。

安心道：「有一種傳說，千年前的幻城文明就是因爲月魔一族的詛咒，而變成今天的沙漠的，但月魔一族已經從這個世上消失了。」

朝陽問道：「你能夠告訴我，他們爲什麼要走幻城這一條路嗎？」

安心不知朝陽問這話的意思，道：「因爲只有這一條路才能保證他們能不被追殺而逃到西羅帝國。」

朝陽又問道：「究竟是幻城的沙漠風暴、惡劣氣候讓人的生存機率小，還是我們的追殺機率小？」

安心聽得一驚，道：「難道他們走這條路，並非是爲了躲避我們的追殺？」

朝陽道：「至少不完全是。」

「他們走這條路難道還有其他的什麼目的？」

「也許連他們自己都不知道，因爲如果真的有第三種勢力的存在，他們是不會讓別人輕易知道他們的，一切只會在暗中進行。」

「可據探報的消息，羅霞並沒有與他們在一起，一路之上只有他們四人。」

「這樣才印證了我的推測，如果我猜測沒錯的話，羅霞會在暗中跟蹤他們，並且保證他們的安全。所以，我們的追殺屢次都沒有成功。」影子道。

第廿二章 詛咒千年

安心不得不佩服朝陽幾乎是無中生有的推測，而且如此嚴密，他道：「第三種勢力會不會是月魔一族？羅霞會不會也是月魔一族中人？」

「這一點無從考證，但並非沒有這種可能。書中記載，每隔千年，月魔一族的詛咒便會在幻魔大陸發生一次，至今已經發生了八次。沒有人能夠明白這其中的道理，可這千年發生一次的詛咒很可能說明，月魔一族極有可能並沒有完全滅亡，而現在又是千年到來之際。」朝陽道。

安心道：「可以前的八次並沒有任何跡象說明，幻魔大陸還存在月魔一族，也沒有形成讓人感覺到他們存在的勢力。」

朝陽道：「所以我說，這只是一種可能，到底羅霞所代表的第三種勢力是什麼，除了羅霞，沒有人可以給我們答案。」

安心道：「聖主認為現下該如何做？」

朝陽道：「有了天衣去西羅帝國已經夠了，現在，我們已經沒有太多的精力去想其他的問題，只能靜待事情的發展。」

安心猶豫了一下，道：「聖主認爲天衣能否將事情辦妥？」

朝陽道：「會的，他會讓安德烈三世相信他的話，只要他能夠趕在他們之前到達西羅帝國。」

安心不知道聖主爲何對天衣如此放心，就算是他自己，對於這個從小離開他的兒子，也不是太放心。

朝陽這時又道：「怒哈的軍隊是不是已經到了城外？」

「是。」安心回答道：「他們已經在城外駐紮，以他們的準備來看，很有可能在今晚發動象徵性的進攻，而且是從東西南北四處城門同時發動進攻。」

朝陽望向安心，道：「爲什麼說是象徵性的進攻？」

「以怒哈自負的性格，從來都是想以不戰而屈人之兵，況且這次又有妖人部落聯盟的大力支持，在短短一個月不到的時間攻下了雲霓古國三分之二的疆土。另外還有重要一點是，他現在尚摸不清我們的虛實，而且他唯一的兒子伊雷斯在我們手上，所以他不敢輕舉妄動。」安心自信地道。

朝陽道：「看來安心魔主已經擬好了應對策略。」

安心道：「是的，今晚屬下一定會給怒哈一個非常『驚喜』的見面禮。」

雲霓古國皇城外剛剛建好的中軍營前，怒哈極目一里外的皇城。

此時，正值晌午，烈日當空，一里外的皇城旌旗飄揚，城門緊閉，牆頭之上只有平常可見的一些將士，並沒有大敵來臨前的緊張，顯得異常安靜。

而自己的軍營，部隊高度的喧鬧，彷彿是兩個世界。

怒哈四旬開外，身形高瘦，臉容嚴峻，神色冷漠，一對眼睛深邃莫測，予人冷酷無情的印象，並不似其名般是一勇猛武夫，反而另有一股震懾人心的霸氣。

站在怒哈身側的是其心腹軍師顏卿，而令人想不到的是，顏卿竟是一個二十左右的年輕人，從其形貌年齡來看，無人會把他與「軍師」二字聯繫起來，但他千真萬確是怒哈的軍師，而且深得怒哈器重。否則，怒哈也不會將有結拜之交的隕星圖派至帝都，因爲一直以來，隕星圖是怒哈的心腹幕僚。

怒哈望著皇城的動靜，開口道：「軍師對今晚的戰事有何看法？」

顏卿出其意料地道：「暫時還沒有什麼看法。」

怒哈頗爲意外地望向顏卿，道：「軍師此言何意？是否覺得今晚不宜作戰？」

顏卿道：「到目前爲止，我們派出的探子進城後沒有一點消息回傳，皇城內的虛實全然不知，且少主現在在他們手中。」

怒哈沈聲道：「軍師到底想說什麼？」

顏卿顯得有些悵然地道：「我也不太清楚，只是面對此城，我的心裡有著莫名的不安。似乎覺得有什麼事情會發生，但又抓不住到底是什麼，所以暫時還沒有明晰的作戰策略。」

怒哈望著顏卿年輕的臉，他看到了顏卿心中的不安，道：「軍師確實與往日有些不同，是不是連日趕路征戰累了，身體有所不適？軍師的身體本就不好，需多注意休息。」

顏卿的臉容果然顯得異常蒼白，像一張未被任何異常沾染的白紙，似有幾分病態。

顏卿輕咳了一下，道：「謝將軍關心，屬下自小身體不適，早已習以爲常，雖近些時日征戰連連，但這並非是身體使然，而是一種本能的意感。」

怒哈道：「軍師身爲占星家族最優秀的占星師，此行之前，可有什麼星象顯現？」

顏卿回答道：「此值亂世，星象迷離，但迷離之中有帝王之相顯現，卻不能洞悉這帝王之相由哪顆星顯現，或者說，這帝王之相尚未有著自己的守護之星。」

怒哈道：「軍師的意思是說，帝王之相尚未有所歸屬？此戰將會誕生真正的帝者？」

顏卿遲疑了一下，道：「也不盡然。」

「哦？」怒哈頗感意外。

顏卿續道：「還有一種可能是，有一種力量改變了星軌，於是看不到帝王之星。」

怒哈訝然，道：「何人會有如此力量改變星軌？」這是他第一次聽到此種說法。

顏卿道：「如今這世上，能夠擁有改變星軌的力量者，只有一個人，便是無語。」

「軍師是說，是幻魔大陸三大異人之一的無語大師？」怒哈問道。

「正是。只是不知，他是否還存在於這個世上，千年來，似乎沒有人聽到過有關他的消息。」顏卿若有所失地道，眼中則露出對無語的崇敬之情。

怒哈道：「他爲何要改變星軌？」

顏卿道：「一顆星代表的是一個人的命運，改變一顆星的運行軌跡就是改變一個人的命運。」

「改變一個人的命運？」怒哈有些吃驚。

顏卿道：「是的。因此，作爲占星家族的占星師，除非遇到了天大的事，否則絕不會去擅自改變一個人的星軌，而改變了一個人的星軌，其壽命也會因此有所變化。若真是無語改變了星軌，這也預示著有什麼重大的事情要發生，無語似乎是在逆天而行。」

怒哈思忖道：「如果真是無語改變了星軌，所謂的大事又是什麼呢？抑或，這只是一種沒有根據的猜測，只是會出現的一種可能，卻並不代表這是事實。」

顏卿又接著道：「也因爲知道了太多凡人所不應該知道的秘密，作爲占星家族的占星師，我們的身體天生就偏弱，看上去像久病未癒。」

怒哈道：「那到底是什麼原因導致軍師感到心中不安呢？」

顏卿道：「是一種潛在的力量，它在影響著我的判斷，所以我不能夠占卜到在什麼時間，以何種作戰策略才予我們有利。」

怒哈的兩道橫眉緊緊蹙在一起，眼睛顯得極爲深沈。

片刻後，怒哈道：「軍師不用擔心，我們作戰並非完全靠占卜，最重要的是作戰經驗，有了作戰經驗，自然會有良好的應戰策略，我今晚知道該如何作戰。」

顏卿道：「不過有一點我可以提醒將軍，切記輕敵。雖然他們兵力不足四萬，卻居然能夠影響我的占卜，說明他們有著非常強大的實力是我們所不知道的。」

怒哈陰冷地一笑，道：「他們的兵力只是我們的八分之一，除了以我兒要挾我之外，他們根本不值一戰。現在他們唯一的機會是贏得時間得到嚴戎那三十萬大軍的援助，所以他們會在時間上拖住我們，死守城門。但他們卻不知，嚴戎現今除了與我合作，已經別無他途了。」

顏卿道：「將軍已派人前去牽制住嚴戎了？」

怒哈道：「是的，相信數日後，龍舒小鎮的三十萬大軍便會成爲我的一部分。」

他的臉上有著極度自信的笑。

幻城地下城市。

從打開門的另一邊，影子看到了來來往往、沒有靈魂的行屍走肉。

影子驚訝地道：「這些都是月魔一族的人？」

月魔點了點頭，道：「為了打開封禁，我必須找回月石。」

影子道：「難道他們還沒有死？」

「他們已經與死沒有什麼區別，他們能夠行走，是因為生命之樹提供月的能量，這樣才保證他們不完完全全的死去。」月魔道。

影子不解地道：「何謂生命之樹？」

月魔道：「你跟我來便可知道。」

說完，她拉著影子的手向前走去。

影子看了看自己被拉著的手，只得跟著月魔走。

片刻，兩人來到了廣場，看到了那棵奇異的樹。

此時廣場上空無一人。

影子道：「這就是你所說的生命之樹？」

月魔道：「不錯，月石本來是放在生命之樹內的，生命之樹接通月的能量，使月石具有神奇的月的能量，但現在，族人只能靠生命之樹維持肉體不死，期待有一天可以解開封禁，重獲生命。」

影子道：「所以，如果尋不回月石，封禁不被解開，詛咒便會接連不斷地發生？」

月魔恨恨地道：「這是人類所必須付出的代價！」

影子道：「如果尋回了月石，解開封禁，你會有何打算？」

月魔立時顯得有些警惕，道：「你何以問這個問題？」

影子輕淡地道：「只是隨便問問而已，你可以不回答。」

月魔低著頭道：「這個問題我現在是不會回答你的，但我答應你，到時候我一定會向你解釋。」

影子沒有繼續問下去，他轉而道：「我想知道我是怎麼來到這裡的，我想見月魔之子。」

月魔喊了一聲道：「將他們帶出來吧。」

影子看到了昏迷過去的褒姒、月戰、殘空，還有三個驚豔萬分的女人，其中一個是羅霞，而且羅霞與另外兩女都穿著冰藍色的衣衫，也就是說，羅霞與另外兩女是同樣的人。

羅霞沒有看影子，與另外兩女同時跪地，喊了聲：「月魔。」

月魔淡淡地道：「你們起來吧。」

三人隨即站了起來。

月魔道：「她們三人便是月魔之子，也許你認識她們其中的一人。」

影子早已對任何事情都有心理準備，即使最信任的羅霞是月魔之子。他淡淡地一笑，道：「我認識羅霞。」

羅霞叫了聲殿下。

影子道：「沒想到你會是月魔之子，我倒是一直沒有察覺到。」

羅霞沒有再言語。

影子望向褒姒、月戰、殘空，道：「他們怎麼樣了？」

「他們只是昏了過去，只要離開這裡就會醒來。」羅霞回答道。

影子記起天壇太廟之事，道：「你能夠告訴我那晚是怎樣的一個結果嗎？」

羅霞知道他所問之事，道：「所有人族都死了，朝陽成了魔族聖主。當時天壇發生了爆炸，我只來得及救你們。」

「爆炸？」影子重複著這兩個字。

「是一個女人所爲，似乎整件事都是她在暗中策劃的。」羅霞道。

「什麼樣的女人？」

羅霞並不認識歌盈，她道：「她從褒姒公主手中拿走了紫晶之心，然後唱了一首歌。她的歌很好聽。」

影子想起了歌盈，道：「是不是古老的陶罐上，早有關於我們的傳說……」

羅霞道：「正是這首歌。」

影子自語般道：「怎麼會是歌盈？這一切都是歌盈所策劃的？」

月魔看著影子的樣子，道：「你是不是想起了什麼事情？」

影子道：「只是想起了一些不該想起的事情而已。」

月魔道：「現在你還有什麼事情想知道嗎？」

影子訕然一笑，道：「我此刻只想知道什麼時候可以幫你找到月石。」

月魔道：「明天我們便可以離開，但今天，我們還必須做一件事。」

「什麼事情？」影子問道。

「就是我們真正融合成一體。」

影子望著月魔，沒有說話。

女人。

如果包括一夜情，包括風月場所的女人，影子這一生中的女人已不少於一百個，但他從來沒有瞭解過女人，也沒有去瞭解。他只認爲，男人與女人的結合只是滿足各自的一種需求，隨緣而已，不一定需要感情。因此，與女人發生關係的多少，並不代表他有多瞭解女人。

但這並不妨礙喜歡一個女人，每個男人命中注定只有一個女人，影子亦這樣認爲，他的生命中也會有一個女人。當他看到法詩藺的第一眼，他就知道自己生命中的女人已出現。可此刻面對月魔，這個迷幻一般的女人，讓他感到另外一種深深的悸動，他無法確定，應該給這個女人怎樣的定位。

床上，月魔的臉貼在影子的胸膛上。

這是月魔的寢宮，空蕩蕩的房間內只有一張床，地面一塵不染，明亮可鑒，四壁則是昏黃的水晶燈光。

月魔的臉像雨後初晴的新月，在昏黃的燈光下，有著更爲明晰的嬌媚之態。

月魔道：「喜歡兩個人融爲一個人嗎？」

影子望著前面牆壁的一盞水晶燈，道：「我已經體驗過由一個人變爲兩個人。」

月魔不解，卻沒有問。她道：「現在我們誰也離不開誰，就算死也一樣。」

影子則道：「你剛才全身赤裸的樣子真好看。」

月魔道：「現在我們的血已經交融，你的體內流著我體內冰藍色的鮮血，而我的體內則是屬於你的鮮紅的血，我是你的人了，我們是一體的。」

影子道：「你的身材和你的容貌是我所見過最完美的。」

月魔道：「冰藍色的血是最爲高貴的血，只有月的兒女才擁有這樣的血。從現在起，你已經屬於月的，月將會賦予你力量，幫助我們在一年內找到月石。」

影子道：「如果有工具的話，我一定可以將你的身材和容貌繪畫出來，成爲傳世之作。」

月魔側起頭來，奇怪地望著影子，道：「爲什麼你總是答非所問？你是我見過最奇怪的人。」

影子仍是望著前面壁上的水晶燈，道：「我只是把我腦海中看到的說出來而已，這是我觸摸得到最爲真實的東西，人應該珍惜的是眼前真實的東西。」

「這就是你爲何如此爽快與我融爲一體的原因？」月魔問道。

「是的，你是如此真實，我無法抗拒你。況且，我也想知道，我的命運若是換一種方式存在，會有著什麼樣的改變？」影子淡淡地道。

「難道你不感到害怕嗎？一年之後，若是不能找到月石，你的生命將會終結。」

影子淡淡一笑，道：「一年之後？一年之後的事情誰又知道？人最應該珍惜的是眼前的東西。我只知道自己不能夠拒絕你，既然如此，我就不必作違背自己內心真實本欲的抗爭。你是如此真實的女人，是我讓你醒了過來。」

月魔也一笑，道：「你很聰明，你知道當你將我救醒之後，已沒有選擇的餘地，作無謂的拒絕，還不如順其自然，把握能夠得到和擁有的。」

影子轉過頭來，望著月魔，道：「是嗎？是這樣的嗎？」過了片刻，又道：「也許吧。」

弄得月魔都不能夠肯定自己的推測。

月魔曾經以爲自己已經征服了影子，但她現在發現，影子遠不如她剛開始所認識的那麼簡單。他腦海中的想法很飄忽，無法用邏輯來衡量。

就在這時，影子忽然道：「你的真實名字就叫月魔嗎？它好像只是一種稱呼。」

月魔一愣，道：「你為什麼突然問這個問題？」

影子淡淡地道：「沒什麼，只是覺得『月魔』這兩個字作為稱呼很奇怪而已，不像一個人的名字。」

月魔沒有說話。

影子又道：「以前有沒有人問你這個問題？我是說前面八次讓你醒來的男人，他們都曾像我一樣，與你這樣躺在床上嗎？」

月魔突然冷冷地道：「你問了一些對一個女人來說不該問的問題。」

影子道：「對不起，你可以不回答的。」

月魔道：「好了，我不會跟你計較這些，我現在帶你去一個地方。」

說完，她掀開了被子，披上了衣衫。

影子道：「你要帶我去什麼樣的地方？」

月魔沒有看他，道：「你去了就知道了。」

「哦。」影子應了一聲，將衣服一件件穿上，走近月魔身邊，拉住她的手，在她俏臉上親了一口，道：「走吧，我現在就跟你去你要帶我去的地方。」

月魔歎了一口氣，似嗔似怨地道：「你這個人真是很奇怪。」

這是她第二次說這同一句話了。

影子嘴角牽動一絲笑意。

月魔與影子手牽著手，兩人臉上洋溢著溫馨。他們走出了房間，走過了街道，又來到了那個寬大的廣場。

廣場上有羅霞，還有與羅霞同樣美麗的女子。

影子笑著道：「沒想到月魔一族的美女是這麼美。」

月魔道：「當然，因爲我們是高貴的月的兒女，鍾月之靈秀。我們不容許醜陋的存在，我們的靈魂如清冷之月。」

影子道：「但我知道月是每天都在改變的，它每天都在厭倦前一天的樣子。它這是在追求完美嗎？但它好像總是得不到，所以一年總是重複著十二次。」

月魔道：「那只是你的眼睛看到的，你沒有擁有月的靈魂。當一個人高傲地生活在世上，他的靈魂是孤獨的，他只有每天改變自己的衣服，才能夠讀懂自己的心情。」

影子道：「這未免顯得孤芳自賞了。」

「所以，天上的月只有一個。」月魔道。

兩人說著說著，不知不覺間走到了生命之樹前。

羅霞來到月魔面前，道：「月魔，一切都準備妥當。」

影子望著眼前的樹，道：「你就是要帶我看這棵樹嗎？雖然它很奇怪，但我並沒有興趣研究它。」

第廿三章 月之能量

月魔望著影子道：「你爲什麼總是說一些莫名其妙的話？」

「我只是對不可預知的東西有一種抗拒心理而已，這是我來到這個世界所養成的習慣。我害怕一不小心有什麼奇怪得令自己無法接受的事情發生，心臟承受不住負荷。」影子道。

月魔道：「你放心，我只是讓你感受月的能量。」

「月的能量？爲什麼你先前不讓我感受？」

「因爲你的體內沒有高貴的冰藍色血液，你不屬於月的兒女，無法感受。」

影子道：「那就開始吧。」

月魔將手伸向了生命之樹，手心貼著樹幹，閉上眼睛，口中念念有詞。

生命之樹陡放幽藍色的奇光，樹幹內的冰藍色液體加速流動。

影子看到，從月魔的掌心，有一束鮮紅的血滲進了樹內，融入冰藍色的液體內。

隨著鮮血的不斷流入，那冰藍色的液體流速愈來愈快，整個廣場上空籠罩在一片幽藍色的迷霧當中，有著十分玄奇的夢幻色彩，又像是如臨夢境。

影子忖道：「難道這生命之樹就是靠人的鮮血才能夠維持月的能量？」

這時，粗大的樹幹綻放出一道強光，如同樹幹中間開了一扇門。

月魔這才睜開眼睛，拉著影子的手向樹幹內走去。

進入樹幹內，就像是由海水輕托著一般，兩人緩緩下降。

當影子感到雙腳有踏實感的時候，他的眼睛首先看到的是一個水池。

水池是圓形的，直徑大約一米，裡面的「水」是冰藍色的液體，就像樹幹上流動的。

水池上面蒸騰著氤氳的霧氣。

而影子所處的空間則是一個如同水晶做成的世界裡，到處映照出人影，就像有無數面鏡子組成一般。

影子望向月魔。

月魔指著水池道：「這裡曾經是放置月石的地方，跳下去，跳下去你便會感受到月的能量。」

影子道：「真的要跳下去嗎？」

「是的。」

「跳下去會不會將以前的事全部都忘掉？」

月魔一怔，道：「你為何有此等想法？」

「因爲我覺得孤獨的人總是在不斷忘記過去的，月是孤獨的，它無法承受千萬年孤獨的積累，所以它只有不斷地忘記，才能夠孤獨地品味新一天的孤獨。」

月魔道：「既然你已經知道了，我也就不再隱瞞你。是的，只要你跳下去，什麼都會忘記。」

影子道：「我不明白，什麼樣的力量可以讓人把一切都忘記？有人總是想讓我記起什麼，而你卻讓我忘記一切。」

月魔道：「這世上沒有什麼是不可以忘掉的，只有忘記，你才能夠真正感受到月的能量。」

影子一笑，道：「如果我有些事情不想忘記呢？我是說，如果什麼都忘記了，我記不得你是誰了，你也許也會不認識我。」

月魔道：「雖然我不知道你的過去，但我知道在你心中已經有了一個女人，你不想忘記的是那一個女人。否則，在你面對我的時候，不應該有如此冷靜的自我思想。可你今天必須忘記，要是你與她真的有緣，就算歷經千百世的輪迴，不知道自己是誰，也不會忘記她。」

影子想了想，點了點頭，道：「說得對，那就讓我們一起忘記吧。」影子突然抱住月魔的腰，一起跳了下去。

雲霓古國皇城。

可瑞斯汀走出了皇宮，來到了一個幽靜的所在，是一間不起眼的民房。

她答應過朝陽，會帶他們去見他。

她走進民房裡面，落日、傻劍、斯維特都在這裡。

這是天壇巨爆之後，可瑞斯汀第一次來看他們。

幾人對可瑞斯汀的到來頗感意外，可瑞斯汀救了他們，但可瑞斯汀此時是不應該出現的。

落日道：「是朝陽讓你來的嗎？」

「不。」可瑞斯汀道：「我來是要帶你們離開的，今晚會與怒哈開戰，是你們離開的好機會。」

「與怒哈開戰？」斯維特疑惑地道：「難道怒哈已經派兵圍城了？」

「是的，怒哈的三十萬大軍已經靜候城外，相信天黑便會向皇城發動進攻。」可瑞斯汀道。

「沒想到怒哈大將軍也是蓄謀已久。」傻劍搔了搔頭，顯得大出意外地道。

「所以，你們必須趁機離開。」

「但是兩軍開戰，我們又怎樣離開呢？」斯維特道。

可瑞斯汀將手中的一個包裹放在了桌子上，道：「我已經爲你們準備好了，這些是魔族將士的戰服，你們穿上它，我會帶你們離開的。」

落日望著可瑞斯汀的臉，道：「若是我們離開，你會不會有事？」

傻劍、斯維特也都關注地望著可瑞斯汀。

可瑞斯汀輕鬆地一笑，道：「我怎麼會有事？你們應該知道，我可是魔族的聖女。除了聖主，沒有人敢對我無禮。」

四人沒有說話，他們所擔心的就是朝陽。以現今的朝陽，是絕不會讓一個知道真相的人離開的。他要天下的人都相信，他是古斯特，是聖魔大帝的轉世之身。

可瑞斯汀看出四人心中所想，道：「你們放心，現在兩軍開戰，聖主是絕對沒有時間來顧及你們的。你們快些換上衣服，趁天黑之時，帶你們離開，現在時間不多了。」

傻劍道：「姑娘若是放我們離開，事後讓你們聖主知曉，那豈不是會連累你？」

可瑞斯汀有些不耐煩了，嚷道：「你們怎麼這麼婆婆媽媽的，就算聖主知道，至多也是責罰兩句，絕不會像殺你們一樣殺我的！」

落日沈吟了一下，道：「姑娘身爲魔族的聖女，爲何要救我們，且幫我們逃離？難道你不怕這個秘密洩漏出去？」

可瑞斯汀怔了一下，她的臉色變得有些茫然，道：「自從我知道自己是魔族的聖女之後，我一心想著的，是怎樣讓魔族重新光復，重新佔領幻魔大陸。可當我看到魔族與人族在相互仇殺的時候，我看到了一直被我所忽略的東西，那就是死亡，是人族的死亡，也是魔族的死亡。在殘殺之中，生命是如此卑微。」

可瑞斯汀自嘲地苦笑著，她的心情顯然是十分矛盾的。她答應過朝陽，會帶他們去見他，而現在卻放他們走，連她自己都不知道自己在做什麼。

幾人都沒有說話，他們能夠明白可瑞斯汀此時的心理感受。身爲魔族的聖女，違背聖主和族人之意，這樣的決定是何等的痛苦，豈是一般人所能夠做到的？

幾人各自拿起魔族的戰服，很快便成爲了身披黑色戰衣的魔族戰士。

傻劍看了看身披戰衣、戰甲的自己，又看了看落日、斯維特，呵呵笑道：「沒想到魔族的戰服竟是如此好看，穿在身上甚是威武，比我那一身遊劍士服飾好看多了。」

可瑞斯汀道：「當然，魔族戰士之所以比人族強大，這戰服起到了很大的作用。它不但堅不可摧，更重要的是可以增強武士的氣勢，當人族戰士遇到魔族戰士，首先在氣勢上便輸了幾分，造成了震懾作用。」

傻劍點了點頭，道：「這就是爲何一個人族戰士，甚至是三四個人族戰士都不如一個魔族戰士的原因之一。在心理上，人族戰士首先就輸了一籌。」

落日、斯維特表示贊同。

可瑞斯汀這時望了望窗外的天空。

天空，夕陽的餘輝已經退去，暮色開始降臨。

可瑞斯汀道：「好了，現在我們可以出發了。」

幾人跟著可瑞斯汀，走出了民房，走過一條幽靜的巷道，來到了寬闊的大街上。

第廿四章 聖魔之禮

怒哈從東西南北四城門對皇城發起了進攻，戰火映照夜空，一切皆如陰魔宗魔主安心所預料。

中軍營前搭建的戰台上，怒哈觀望著戰事的進展。在他身旁站著的，依然是軍師顏卿。在火光的映照下，兩人的臉很平靜。很顯然，進攻所出現的局面，符合他們心中的設想。一批批戰士登上城牆，一批批戰士又從城牆上摔下死亡。城內守將的調度和防守也是井然有序，雙方維持著你攻我守的均衡狀態，符合象徵式進攻的模式。

怒哈這時開口道：「軍師可從城牆上戰將的調度看出些什麼端倪？」

顏卿道：「依目前情形看，守城的是那三萬天旗軍，天衣手下的八千禁軍似乎並不在其中，這是與我當初估計的唯一有別之處。按照慣例，應該是以禁軍爲主導，天旗軍爲輔的防守策略，但禁軍並不在其中，其作戰策略也與天衣一慣的風格有所區別，不再是守中有攻，而是故意放我軍將士登上城牆，然後施以狙殺，重在一個『誘』字，從中可以看出，這指揮之人很自信，而且較爲兇殘。」

怒哈道：「那，軍師可知這指揮之人是誰？」他的眼睛極爲鎮定地望著前方，顏卿的話顯然沒有撼動他的心境。

顏卿道：「這人的作戰風格顯然不是我們所熟知的任何人，我無法作出判斷。」

怒哈道：「不錯，他不是我們所熟知的任何一位朝中大臣，他來自魔族！」

「魔族」二字讓顏卿聽得一驚，道：「將軍何以知曉？」

怒哈道：「我感到了皇城內所散發出的魔族中人的氣息，而且很重。」

顏卿鎮定了下來，道：「將軍的意思是說，魔族中人已經聽從古斯特的號令，認爲古斯特真的是重新臨世的聖魔大帝？」

怒哈道：「也有可能他們早已介入。」

顏卿問道：「將軍早已知道此事麼？」

怒哈道：「我也是剛剛才知曉，只有成百上千的魔族中人聚在一起，才可讓我感到他們的存在。特別是在戰場上，這種氣息就會更爲強烈。」

顏卿的心神有一絲波動，他突然想到了一件不該想到的事情：怒哈對魔族很熟悉。

顏卿道：「將軍打算如何應對？」

怒哈望向顏卿，道：「你是我的軍師，這個問題應該是我問你才對。」

顏卿心中早已有了主意，道：「攻，今晚全力進攻，以最快的速度攻下皇城，夜長只會夢多。」

還沒待怒哈對顏卿的話有所反應，他們正對面，也就是北城門的進攻陡然停止。

怒哈與顏卿臉上同現詫異之色，沒有命令，進攻怎麼會突然停止呢？

怒哈對身後的一名護衛道：「速去查看到底出了什麼事！」

那名護衛剛欲領命前去，一名將軍模樣之人匆匆趕來，單膝跪地道：「稟大將軍，皇城內有一份禮物送給大將軍！」

怒哈冷聲道：「你是否不要命了？違抗軍令，停止攻城，卻來向我提及什麼禮物！」

那名將軍忙道：「這是一件很特別的禮物，爲保萬全，屬下不得不停止攻城，特來向大將軍稟報！」

怒哈道：「爲將者，以服從命令爲首要職責，遇事需冷靜以對，而你卻擅自違抗軍令，給我推下去斬首！」

那名將軍惶然道：「大將軍請聽屬下解釋，這件禮物非同一般，是……」

那名將軍尚未來得及把話說完，已被兩人推下去斬首了。

能夠讓一名征戰多年的將軍違抗軍令，停止攻城的決非是一件普通之事，怒哈知道這一點，他所要讓人知道的是，就算是天塌下來，也不容有人違抗軍令！

但究竟是一件什麼樣的禮物竟讓一名將軍違抗軍令，停止攻城呢？

遠遠的，有兩條火龍並排向著怒哈的觀戰台這邊延伸，火龍是由帶著火把的怒哈的戰士所組成。在兩條火龍的中間則有一個圓形的物體在緩緩自行滾動。

手持火把的戰士皆嚴陣以待，圍著滾動的圓形物體，應對隨時可能出現的意外。

怒哈望著向自己滾來的圓形物體，雖然相距足有五百米，但仍可見上面有「怒哈親啓」的字樣，可見這圓形物體之大。怒哈心裡想著的是，這圓形物體是靠什麼而滾動的？

顏卿這時道：「大將軍要不要將其截住？」

怒哈想也不想便道：「不用。」

顏卿道：「可這圓形物體十分詭異，我怕其中有詐。」

怒哈道：「我明白軍師的意思，我倒想看看他們究竟能玩出什麼樣的把戲來！」

顏卿知道怒哈主意已定，便不再說什麼。

在眾多目光的「迎接」下，圓形物體彷彿滾了一個世紀，終於在觀戰台前停下，彷彿有著靈性。

而這時，空中卻傳來一個人的聲音。

「這是聖魔大帝送給怒哈大將軍的禮物，請大將軍親啓。」

怒哈沈聲道：「你是何人？」

「大將軍不用知道我是誰，只須把我當作送禮之人便可。」空氣中那聲音回答道。

怒哈又道：「這圓形物體內是何物？」

「大將軍開啓後便可知曉。但聖魔大帝說過，這一定是大將軍意想不到之物，且要大將軍親自開啓，才可知裡面所藏是何物，其他人等皆不可視見。」

怒哈道：「你又是在哪裡與我說話？我爲何一定要收下這禮物？兩軍對壘之際，玩這等小孩把戲，你們不覺得可笑麼？」

「是否小孩把戲，大將軍一看便知。如果大將軍有害怕之意，不敢開啓的話，那就當聖魔大帝沒有送這樣一件禮物。但事後，大將軍一定會後悔的。」那聲音道。

「你這是在激我？」

「大將軍如此理解也未嘗不可。」

怒哈這時望向顏卿，顏卿搖了搖頭。

那聲音這時道：「大將軍不用再尋找了，以你和顏卿軍師的精神力是不會感應到我的存在的。」

是的，從一開始這聲音響起，怒哈與顏卿的精神力便伸展到四周的虛空，去尋找聲音的本體，但結果是一無所獲。他們也欲將精神力伸展到圓形物體內，但結果是不能做到，因爲圓形物體內有一股精神力在抵抗外來精神力的入侵。

這是否說明，圓形物體內會是一個人？

怒哈忽然道：「你是魔族中人。」

那聲音道：「大將軍似乎很肯定？但你不用枉費心機了，你不可能從我這裡得到任何資訊。」

從一開始，怒哈便極力想從言語中找出對方的破綻，但他還是一無所獲。

在這場智慧的較量中，怒哈似乎無法找到突破口。

第廿五章　智慧較量

怒哈沈默著不語，他的眼睛望著那圓形物體，他可以不知道這圓形物體內是何物，但他必須弄清這說話聲音的主人，只有抓住對方的所在，他才可能在這一場智慧的較量中獲勝。

虛空中，那聲音傳來一聲冷笑，然後道：「我說過，你不用枉費心機找到我。就算你知道我是誰，對你來說，也絕不是一件好事。」

怒哈的眼中突然閃過一絲殺機，一腳蹬在觀戰台下。

觀戰台本是木架搭建，上鋪木板，這一腳所擁有的勁氣透過木板，木板絲毫無損，而強大的勁氣直轟地面。

地面震動，勁氣將停在觀戰台前的圓形物體從地上震起，直竄虛空。

怒哈忽又凌空飛起，劈空一掌直轟向那圓形物體。

四溢的勁氣頓使虛空狂躁不已，眾人胸口如有遭受雷擊之感。

那一掌擊在圓形物體之上，有那麼一兩秒時間，圓形物體凝在空中不動。接著，圓形物體便開始下墜，那一掌的力道猶如石沈大海，不起一絲波瀾。

怒哈身形飄然落定，嘴角泛起一絲冷笑，道：「你果然在裡面，卻故意通過功力將聲音四散空中，給人造成一種錯覺，故弄玄虛。」

那聲音卻沒有任何反應。

怒哈道：「你以爲不出聲便能夠否認這個事實麼？我倒要親眼看看你是何方怪物，藏頭縮尾見不得人！」

那聲音卻又突然開口道：「那你就不妨看看我到底是誰。」

怒哈道：「你嚇不了我。」說罷，便向那圓形物體走去。

此時的圓形物體正好落在觀戰台上，一動不動。

就在怒哈欲拔劍將圓形物體劈開之時，顏卿忙道：「大將軍可要小心，不如讓我來。」

怒哈道：「軍師無須擔心，我諒他也玩不出什麼花樣來。況且，這是所謂的聖魔大帝送來的『禮物』，要我親自開啓，如果我不敢親自開啓，那豈不說我怕了他？就算贏得天下，也無顏面對天下眾生。我要讓全軍三十萬將士都知道，沒有任何困難可以阻止我取得天下！」

眾將士聽得怒哈此言，高聲唱道：「將軍聖威，一統天下，將軍聖威，一統天下……」

那聲音冷笑道：「果然不愧是鎮守北方邊陲的大將軍，任何時候都不忘鼓舞士氣。既然如此，那你就來吧，看看我到底是誰。」

顏卿見狀，也不再阻擋，只是暗暗示意所有人都提高戒備，嚴陣以待，準備在任何突發事件的情況下保護怒哈的絕對安全。

怒哈拔出腰間的佩劍，長劍一聲龍吟，發出極爲炫目的寒光，朝圓形物體疾劈而下。

在場之人的心神全部爲之吃緊。

長劍收回，圓形物體一分爲二，沒有任何危險情況發生。

怒哈所料不錯，圓形物體裡面的確有一個人，但這個人卻讓他大吃一驚。

裡面竟然是怒哈唯一的兒子伊雷斯！

只是面容清瘦憔悴了許多。

幾乎所有人都感到意外，只有顏卿在意外的同時，更多了幾分謹慎。

天下沒有這等便宜的事！

虛空中，那聲音又道：「聖魔大帝說過，一定送一件令大將軍意外的禮物，現在大將軍終於見到了吧？」

怒哈沒有應答，他的謹慎比顏卿有過之而無不及。任他智慧過人，也想不通爲何對方會將可以挾制自己的兒子還給他，斷了他僅有的一點後顧之憂。

伊雷斯揉了揉自己的眼睛，他不敢相信眼前的人會是他的父親，但當他終於確認時，喊了一聲「父帥」，激動萬分地向怒哈懷中撲去。

可就在他要投入怒哈懷中的時候，怒哈躲開了，伊雷斯差點跌倒在地。

他不解地望向怒哈，道：「父帥，這是爲何？」

平時，怒哈總是對這唯一的兒子百般溺愛，可現在，怒哈不敢相信地道：「你是我兒？」

伊雷斯委屈地道：「父帥怎問出這樣的話？難道你不認識孩兒了麼？」

怒哈又仔細分辨了一下，道：「你真的是我兒？」

伊雷斯的眼淚掉了下來，哭訴著道：「難道父帥連孩兒都不敢認了麼？你可知孩兒這些天受了多少苦頭，孩兒每天都在盼望能與父帥見面。」

「可……」怒哈不知如何是好。他不是不敢認，從身形、容貌、語氣，以及走路的姿勢、動作，甚至其身上所散發出的氣息，無一不說明，眼前的人是他的兒子伊雷斯。他也知道有一種可以控制人心神的邪異之術，他以精神力感應，並沒有在伊雷斯身上發現任何異狀，但他還是不敢相認，沒有任何理由，他只是不相信天底下會有這等便宜的事。

這件本應讓怒哈萬分驚喜的「禮物」，卻成了他此刻最爲頭痛的問題。也許，他更願意他所認爲的古斯特拿著兒子要挾他，這樣，他還有著心理準備，可現在……

虛空中的聲音又響起，先是不屑的冷笑，接著便道：「看來怒哈大將軍並不希望見到自己的兒子。那好吧，既然你不敢相認，那他活在這個世上也沒有什麼意思，大將軍就替聖主將他殺了吧。」

顏卿知道怒哈此時的處境，便走向伊雷斯道：「少帥定是累了，還是我帶你下去休息吧，有話明天再說。」

說罷，便拉住了伊雷斯的手。

伊雷斯想甩開顏卿的手，卻發現手腕已被顏卿扣住，無法掙扎。

作爲軍師，顏卿此時必須替怒哈解決眼前的尷尬。

伊雷斯無法掙脫顏卿的手，便罵道：「你這狗奴才竟敢對本少帥無禮，快點放開我！」

顏卿毫不放鬆，拉著伊雷斯便走，並道：「少帥還是先休息要緊。」

眾將士望了望怒哈，又望了望伊雷斯，他們心中有所想法，但臉上並沒有作出任何表情。

伊雷斯身不由己地被顏卿拉著走，嘴裡卻歇斯底里地喊道：「父帥，你爲何要這樣對待孩兒？爲何啊？孩兒到底做錯了什麼……」

怒哈終於開口道：「慢著。」

顏卿停了下來。

所有人都望向怒哈。

伊雷斯已是淚流滿面，道：「孩兒到底做錯了什麼？父帥竟這樣對待孩兒！」

怒哈沒有作答，只是向伊雷斯走去。他的眼中沒有了剛才的睿智和矛盾，換成的是父親才有的慈愛。他已經下定了決心。

顏卿這時忙提醒道：「大將軍可要爲大局著想。」

怒哈道：「還請軍師放開我兒。」

顏卿見怒哈的表情，只得放開扣住伊雷斯手腕的手。

伊雷斯轉身向怒哈懷中撲去。

顏卿與眾將士的戒備隨著伊雷斯離怒哈距離的拉近而達到了極致，但他們這一次又沒有看到意料中的事情發生，伊雷斯只是一個受到挫折失敗後見到父親的孩子。

顏卿心裡不禁問道：「難道他們真的只是簡單地將伊雷斯送回？目的，他們的目的到底藏在哪兒？那個說話的人又到底藏在哪兒？」

天上無月、無星、無風，唯有黑雲。

地上沒有出現異常情況，唯有久別重逢的一幕。

但每一個人的心裡都有著無法釋懷的沈重。

遠處的城牆上，陰魔宗魔主安心一聲冷笑，道：「你就好好享用我送給你的禮物吧。」

對於一個智者，最重要的手段不是讓人知道你有多強，而是讓人對自己不放心。

安心知道，今晚怒哈一定睡不好覺。

影子醒來，地下城仍是地下城，但月魔已經不見了！

影子自藍色的池水之中爬起來，四顧無人，卻驚訝於自己爲何還能夠記得月魔，還能夠記起羅霞諸人。

「爲什麼會這樣？月魔不是說進入水池後可以忘掉以前嗎？爲何自己卻並未忘記呢？」影子心中暗忖。

「月魔去了哪裡？羅霞諸人又去了哪裡？」影子感到一陣失落。雖然此刻只覺身上充盈著無窮的力量，但卻有種從未有過的孤獨感。整個地下城空洞如死，竟沒有一絲人氣。影子竟不知道自己此一沈睡花了多長時間。

影子回到廣場上，終於見到了羅霞等人。

「月魔呢？」羅霞忙問道。

「我也不知她到哪裡去了！」

三女驚詫。

羅霞試探性地問道：「你……你沒有忘記過去？」

影子答道：「是的，我沒有忘記。」

「爲什麼？」羅霞大聲道。

影子沒有回答，他只是怔怔望著前方的生命之樹。

第廿六章　漠的選擇

朝陽走進了朝會大殿，他的臉很陰沈。

朝會大殿下面，漠仍跪著，一動沒動。

朝陽走近漠的身旁，看著他，從他的身旁繞了一圈。

朝陽開口道：「黑翼魔使可想清楚了些什麼？」

漠道：「不，我沒有能夠想清什麼。」

朝陽道：「我也知道你不能夠想清楚什麼，一千年的時間都沒有讓你開竅，何況兩天？」

漠道：「所以我希望像陰魔宗魔主和暗魔宗魔主一樣，能夠得到聖主的指點。」

朝陽冷笑道：「你以爲自己能與他們相比麼？他們的背叛是因爲他們不死的魔心，是身爲魔族中人的欲望，是最爲真實、最爲本真的東西，就像一隻狼，天生就是以獵殺它物作爲自己的生存目的，他們的背叛無可厚非！而你，卻不再擁有魔族人的心，你的心裡有太多不該有的想法，你企圖去解釋一根草是怎樣長成的，爲什麼太陽會從東邊升起，自西邊落下，爲什麼有白天黑夜之分……爲什麼安吉古麗要死，爲什麼你要被貶爲黑翼魔使……你心中有太多的爲什麼，你解釋不了，所以你永遠都不可能想清楚，你把自己給丟了。」

「我把自己給丟了？」漠茫然道。

「你不記得自己是魔族中人，你不記得命運早已爲每一個魔族中人安排好了自己的路，你不去走這條路，而是在想爲什麼要走這條路，在想，難道除了這樣一條路，再沒有其他的路？你企圖跳出命運爲你設置的圈子，你想逃脫魔族，不希望這世上有人、神、魔三族之分。而你卻忘了，你只不過是一個魔，一個不足以改變命運的魔，你在做自己做不到的事。」

漠道：「難道魔族不是因爲背叛了創世之神才成爲魔族的嗎？魔族是叛逆的象徵，既然是背叛，爲什麼要沿一條路走下去？爲什麼聖主可以決定其他人的命運？爲什麼安吉古麗不能夠選擇自己的幸福？」

朝陽冷笑道：「你終於說出了自己心中所想，但你卻忘了，創世之神是可以背叛的，而命運則永遠不可以背叛！無論你是黑魔宗魔主，還是黑翼魔使，你永遠都逃不過命運爲你選擇的方向，你的『想』，只會讓你更痛苦！」

漠道：「難道聖主便是我不可更改的命運？」

朝陽正欲答話，一個蒼老的聲音卻傳進了朝會大殿。

「他是與你命運連繫在一起的人。」

漠道：「是誰在說話？」

朝陽的唇角卻露出一絲淡淡的笑意。

當陰魔宗魔主安心匆匆趕到大殿門外的時候，還未來得及通報，朝陽便對他道：「讓他進來吧。」

顯然，朝陽已經知道來者是誰。

當安心領著說話之人出現在朝會大殿時，朝陽已經坐在朝會大殿最上方的龍座之上。來者是無語。

無語站著施禮道：「無語見過聖主。」

朝陽道：「大師又何必如此多禮呢？大師今日登門，不知所為何事？」

無語道：「無語有一件事相求聖主。」

「哈哈哈哈……」朝陽大笑，道：「安心魔主，給大師端一把椅子來吧，你也見到大師的身體已經是大不如前了，想必是操心操得太多了。」

安心忙給無語端來一張椅子，請無語在一旁落座。

無語也不加推辭。

無語望向跪倒在地的漠，道：「漠魔主向來可好？」

漠道：「多謝大師關心，我已不是黑魔宗魔主。」

無語道：「無語老糊塗了，你現在是黑翼魔使。」

朝陽這時道：「沒想到大師對一個戴罪之人感興趣，大師不會是爲他而來吧？」

無語道：「聖主說得甚是，無語這次就是爲了黑翼魔使而來，所以希望聖主能夠給無語一個薄面，讓無語將黑翼魔使帶走。」

此語一出，讓漠及安心同時吃驚萬分。漠怎麼都沒有料到無語竟是爲他而來。

朝陽亦對無語的話感到意外，但從他的表情，什麼都看不出來，他道：「大師此舉卻是爲何？總得給我一個理由吧？」

無語道：「其實聖主已經知道了理由。」

「哦？」朝陽臉上作出一副願聞其詳的樣子。

無語道：「正如聖主所說，他已經不再擁有魔族人的心，他的心中有太多的疑惑，有太多的爲什麼，所以不宜再在這個塵世逗留。」

朝陽道：「可大師剛才不是說過，我是與他命運連繫在一起的人麼？塵世間的事情尚未了斷，宿命的歸宿尚未弄清，又豈可脫離塵世？」

無語道：「聖主說得甚是，無語這次前來是爲了幫他了斷一切。無語已經老了，在這個塵世不能夠再存活多少時日，無語需要一個傳人。而黑翼魔使便是我歷盡幻魔大陸，唯一所選中的人。他的心中有太多的放不下，唯有出世才是他要走的路。」

無語說這話的時候確實顯出了幾分老態，不是從容貌上所顯出的老態。無語的容貌從來就是這般，這一千年來，朝陽所看到無語唯一的改變便是背更駝了些，似乎他的下半身已經無法承受上半身的負荷，背駝得幾乎與地面平行。而他的老態是從他的心底深處所透發出來的，這使其語氣充滿了蒼涼和無奈，但又有一種釋然的恬靜，一種洞悉生命本質後的恬靜。

無語的話讓漠臉上露出無限苦澀之情，他道：「大師，我恐怕有失你所望。我心中有太多的放不下，又怎能出世呢？只有放下一切的人才能夠超然出世，大師的話讓我感到不明白。」

無語道：「出世、入世本是一字之差。無語在這世上走了一遭，幸歷數千載，無它所得，只是洞悉了太多不應該知道的事情，做了一些有違老天旨意的事情，也落得如今這一付模樣。無語的教義教人出世並非讓人放下一切，而是教人去看清這個世界，解人心中所惑。試問一個人的心中之惑不解，又怎能夠出世？」

漠道：「可大師的教義真能解我心中之惑麼？我曾尋遍萬千教義，可其中所說的盡是他們所設定的世界，他們規範了一個界限，讓人從其中尋得答案。這不是我想要的，我所要明白的，恰恰是爲什麼這個世界有這麼多界限？爲什麼會有人、神、魔三族之分？爲什麼有卑賤高貴之分？我曾襄助聖魔大帝一統幻魔大陸，我以爲一統之後，人、神、魔三族便能夠和平共處，永世無爭，可我錯了，他們只是懾於聖魔大帝的權威，壓抑著心中的欲望。於是我又用一千年的時間讓自己學會淡忘，可結果反而愈是不能忘記。人世間有這麼多可能與不可能，已知與未知，又豈是一種教義可以說清的？」

無語聽得漠此言，驚恐地道：「沒想到你的心魔竟是如此之深，我原想渡你一渡，罷了罷了，看來我所悟的教義並不適合於你，人世間也沒有可以解你心中之惑的教義。」

「所以，我要尋找屬於自己的教義。」漠的眼中露出對未知世界的一種探索，這種目光讓人感到恐懼，這是顛倒世間秩序、打破現有框架的叛亂，比屠斬一座城池數以萬計的人更要讓人感到可怕。沒有人會相信漠的這種探索會有結果。

朝陽微笑著看著無語，道：「大師還有什麼話要說麼？」

無語沈吟了良久，道：「無語現在只想請求聖主放了他，讓他馳騁於天地間，好好靜思，或許有一天，他能夠有所收穫。」

朝陽道：「大師不覺得這種人很可怕麼？他本不應該存在於這個世上，他的存在只會讓他自己更痛苦。他永遠都不可能解決心中的痛苦！」

無語道：「正是由於這種痛苦的追求，才是他生命的動力。若是他不能悟，他也不會有害於任何人。」

朝陽道：「我可以答應大師的請求，但漠身爲魔族的黑翼魔使，又有心刺殺本聖主，他必須爲他自己負責！」

無語道：「無語明白聖主的意思，但無語願意替黑翼魔使答應聖主一個條件。」

「哦？不知大師能夠答應我什麼樣的條件？」朝陽饒有興趣地看著無語道。

無語道：「只要聖主能夠放過黑翼魔使，無語願意以殘身爲聖主效力。」

此言一出，在場之人無不吃驚。千年前，聖魔大帝曾誠心相邀無語，但被無語所拒絕，而現在，無語卻爲了漠，主動提出爲朝陽效力，這不能不說是一件令人震驚的事情！

爲了漠，無語竟然可以捨棄自己！究竟是什麼原因可以讓無語作出如此大的犧牲？是他看到了一個對未來的幻魔大陸起到舉足輕重的人嗎？

沒有人明白無語心裡所想。

朝陽對無語的話也深感意外，此時此刻的他，竟有些後悔剛才答應過無語的話。

但無語的好意卻被漠給拒絕了。

漠抬起頭來，望向無語道：「我自己的事情須由自己來解決，漠謝過無語大師的好意。漠以爲，若是不能夠親身去體驗每一件事，漠的探求也沒有什麼意義了。」

他轉過頭來，又面向朝陽，道：「所以，無論聖主怎樣對待我，我也絕不會有任何怨言，若我不能夠走過這一關，那我探索也沒有任何意義了。」

朝陽笑道：「果然不愧是我所認識的黑翼魔使。但你知道我會怎樣對待你麼？按照魔族的規矩，你所面臨的唯有死！但我答應過無語大師，當然不會要你死，我所要的，便是給你的心靈套上枷鎖。也就是，除了你的身體之外，你將什麼都不再擁有，包括你千年的修爲和你曾經擁有的一切記憶，甚至是你自己的名字。」

朝陽的話讓無語大驚，他道：「聖主如此一來豈不是等於毀了他麼？他現在唯一所擁有的便是他的思想，沒有思想，他與死無異。」

朝陽道：「對於一個真正想探尋生命奧義的人來說，他最寶貴的不是他曾經的擁有，而是把過去徹底遺忘之後，重新再來。只有經過輪迴的人，才能夠更懂得生命的奧義，無語大師應該比我更清楚這一點。」

無語苦笑一聲，道：「一個連自己是誰都不知道的人，又如何能探求生命的奧義呢？」他轉向漠道：「你真的決定自己來承受麼？」

漠的樣子很坦然，道：「是的。也許正像聖主所說的，只有經過輪迴的人，才可能更懂得生命的奧義。」

「可你心中有太多的疑惑，太多的爲什麼沒有解開，你放得下麼？」無語道。

漠道：「放不下也得放。」

「你也許會因此一無所有。」

「一無所有也是一種擁有。」

「好吧，好吧，無語不再說什麼了，你遠比我知道的走得更遠。」無語的臉上露出自嘲之色，這種表情也不知有多久時間沒有出現過他的臉上。

一直靜守一旁的安心更是顯得惑然，有「無語道天機」之說的無語大師，爲何如此關注著漠呢？他在漠的面前似乎有一種割捨不下的情結，這並不是安心所認識的幻魔大陸三大奇人之一的無語大師！

朝陽從龍座上走了下來，他來到漠的面前，道：「你曾經是我最優秀的戰將，但你選擇了一條不歸路。沒有人可以幫你，無語大師爲你求得了這一次機會，今後的路就靠你自己去走。」

朝陽的手按在漠的頭頂，漠不及再想些什麼，便看到了一道門，門內的悲歡離合，喜怒哀樂，可知的與未可知的……一切風景都緩緩關上，直至什麼都沒有。

無語走到漠的面前，將他拉起，道：「走，跟我走。」

漠陌生地看著無語，道：「我爲什麼要跟你走？你又是誰？」

「我可以指給你路，你要走的路。」

「我要走的是什麼路？」

「這……」無語不知該如何回答。

漠道：「既然你不知我要走什麼路，又如何給我指路？」

漠不看任何人，望了望門外，門外碧空如洗，不沾一絲纖塵。漠向門外走了出去。

朝陽看著漠從門外消失的身影，道：「大師可曾測得會有這種情況的發生？」

無語歎息了一聲，道：「原以爲一切盡有天定，只要測得天意，便可知萬事。沒想到，當以爲一切都已注定的時候，其實一切都在改變。」

朝陽望向無語，道：「那大師爲何又企圖改變天意呢？」

「什麼天意？」

朝陽道：「大師是明白人，又何須抵賴？」

無語若有所悟，道：「聖主是說天上帝星不明之事？」

朝陽微笑不語。

無語道：「我自知天意不可違，又豈會做出有違天意之事？無語並沒有改變帝星星軌，而是另有其人在做這件事。」

朝陽頗感意外，道：「除了大師，幻魔大陸又有何人有這樣的能力，改變星軌？」

無語道：「這是我此次前來雲霓古國的目的之一，我亦很想知道這個人是誰。」他的眼中透出深深的擔憂。

朝陽卻顯得不屑，他忽然道：「想必驚天魔主很快就有消息回來。」

他的眼睛望向朝會大殿外龍舒小鎮所在的方向。

第廿七章 西羅之變

影子望著夜空，幻城的夜空顯得格外明淨。

影曾經對他說過，要幫他開啓天脈，喚醒曾經的記憶，而他現在感到天脈已被開啓，卻沒有曾經的記憶。

自月魔無故失蹤後，羅霞等人就急於尋找月魔，而褒姒等人則欲前往西羅帝國。此刻，褒姒、羅霞等仍在熟睡中，他們所在的地方仍是幻城沙漠。

眾人各有各的方向，但影子卻不知自己想走的是一條什麼樣的路，他應該走一條什麼樣的路。

他總是不斷地望著星空，希望擁有著自己的方向，但一個方向又代表著什麼呢？

人總是迷茫著的，這種迷茫讓此刻的影子感到十分痛苦。

此時唯有守夜的殘空醒著。

影子站了起來，向殘空走了去。

殘空望著夜空道：「沙漠的夜空很美。」
影子與殘空並排站在一起，道：「是的，這樣的夜空在其他的地方很難欣賞到。」
殘空道：「更難得的是夜空下這份寧靜的心情。」
影子自嘲地一笑，道：「但我剛才卻做了一個惡夢。」
殘空道：「我看得出，你心裡有太多的東西。」
影子道：「你的心裡也一樣。」
殘空道：「不，我的心裡只有劍。」
影子看了一眼殘空的側臉，他的臉顯得很平靜。影子看出，只有天天在心裡對自己重複著這樣一個信念的人，才會有這種平靜從容的表情。
殘空望著夜空道：「你一定覺得我這個人很傻，人生如此多姿多彩，而我卻爲劍而活著，拋棄其他的一切，包括自己最愛的妹妹。」
影子本想說些什麼，但當殘空提到法詩藺時，便沒有再說什麼。
殘空知道影子有意迴避，也不便追問，只是道：「人只要知道自己應該做什麼便夠了。」
影子道：「可有些人連自己應該做什麼都不知道，他找不到自己的路。」
殘空望著影子說道：「你是不是想說什麼？」
影子搖了搖頭道：「我不想說什麼。我只是想讓你轉告褒姒公主，我要想一些事情，得先

走了，我不能與她一起去西羅帝國，待想清了一些事情，我自然會去看她。同時也煩請你轉告羅霞，我答應過她們的事情，就一定會幫她們辦到，讓她們不用擔心。」

說完，影子便選擇了一個方向走去。這是他突然間下定的決心，剛才的夢觸動了他身體最深處的某根弦，他倒要看看，是不是自己選一條路，會真的撞得頭破血流。

殘空看著影子遠去的身影，他不明白爲何影子突然間會有這種舉動。

他想起影子在夢中醒來時所念的一個「路」字，似乎隱約明白了些什麼。

西羅帝國。

西羅帝國擁有幻魔大陸最廣闊的疆域，其國土多爲平原之地。帝都阿斯腓亞靠近於極寒之地，一年四季多爲雪天，故而阿斯腓亞又有雪城、聖域之稱。阿斯腓亞在幻魔大陸的本意即爲聖潔之城。

而西羅帝國的皇宮，則是建在一座雪山的最高處，白色恢宏的宮殿即使在晴好的天氣裡，也是一片雲霧，若隱若現，顯得極爲神聖而不可侵犯，同時也籠罩上一層神秘的色彩。

當褒姒、月戰、殘空到達聖城外的時候，此時的聖城上空正飄著大朵大朵的雪花，如同美麗飄舞的白色花瓣。

褒姒的眼中不禁湧起了一陣潮濕。

雖然只是離開二個月，但褒姒的心中卻有了經歷一百年的漫長，那些熟悉的雪花讓她有一種久違了的溫馨。

她的手輕輕伸出，看著一朵朵的雪花在她手心上堆積，直至有了薄薄的一層，隨手一舞，那些雪花便在空中牽引起更多的雪花，匯成一道在空中舞動的白色河流，美麗異常。

褒姒的臉上也露出了淡淡的笑。

在小的時候，每個下雪天的早晨，她總是喜歡爬上皇宮的最高點，讓雪花一片一片在手心堆積，然後舞動著它們，像銀蛇一般讓它們在雪空中自由穿越，舞動出各種絢麗的姿勢。

現在，這種親切感，穿越歷史的時空，又回到了她的身邊，讓她感到溫暖。

除此之外，更重要的是，她又可以見到她的哥哥。

「哥哥，我又可以見到你了。」褒姒的臉上飽含著別樣的情感。

這時，月戰提醒道：「公主，暮色降臨，通往聖城的唯一大門就要關閉了。」

褒姒道：「那我們就快點進城吧。」

風雪之中，三人斗篷之上落滿雪花，向那即將關閉的城門走去。

「來者何人？」城門外，三人被喝止住。

褒姒掀開了遮住面部的風帽，望向那喝止住他們的人。

這是一名身著銀白戰甲的將領，見到是褒姒，立即大驚失色，轉而單膝跪地道：「屬下德

昌冒犯公主聖威，請公主責罰！」

褒姒道：「起來吧，你並不知是本公主。」

「謝公主。」德昌站了起來。

褒姒道：「西羅帝國這一向可好？」

德昌道：「回公主，一切都好，只是陛下與皇后一直期盼著公主早日歸來。」

褒姒看了看德昌，道：「你叫德昌？」

「是。」

「原來負責看守城門的是曼提拉將軍，何時換成是你了？」褒姒隨意地看了看守城的其他將士，輕淡地問道。

德昌回答道：「回公主，曼提拉將軍另有重任，屬下是頂替曼提拉將軍，剛上任不久。」

褒姒點了點頭，道：「原來如此，怪不得本公主以前沒有見過你。」

德昌道：「屬下原來官小位卑，所以不能親見公主之面。」

褒姒忽然想起什麼似地道：「對了，那你以前又在何處供職？」

德昌答道：「屬下原來供職於軍部，司職校尉。」

褒姒道：「是軌風大人手下之人嗎？」

「正是。」

褒姒沒有再問什麼，只是隨意打量著德昌身後的那些守城將士。

德昌這時道：「陛下早有命，若是公主回來，必要屬下親自護送公主回宮。現在，馬車早已備好，請公主示下！」

褒姒道：「既然馬車備好，就有勞將軍了。」

德昌忙將配好的馬車喚來，有兩輛。

褒姒先自坐進了一輛馬車。

德昌忙又對月戰及殘空道：「兩位也請上車吧，這是陛下特意爲兩位準備的。」

月戰看也不看德昌一眼，木然地道：「不用。」

面對毫無表情的月戰，德昌顯得有些尷尬，一時之間不知如何是好，只得乾笑一聲，道：「兩位一路保護公主，多有勞頓，還是坐上馬車略爲休息一下爲好。」

月戰閉口不再說什麼。

殘空這時解釋道：「我們一路早已習慣以雙腳走路，德昌大人不用客氣，還是到了皇宮再作休息吧。」

德昌有些爲難地道：「可是……」

這時，褒姒的聲音從馬車內傳出道：「你們還是坐上馬車吧，不要辜負父皇及德昌大人的一片好意。」

德昌滿臉興奮道：「正是，正是。」

月戰和殘空於是上了另一輛馬車。

由德昌騎著馬在前頭引路，兩輛馬車健步如飛般奔馳於雪地裡，揚起地面的積雪與空中飛落的雪花交融一起。

當褒姒走下馬車時，她看到的並不是她所熟悉的宮殿，也不是她父皇召見群臣的大殿。

此時，天色已經暗了下來，只是滿山遍野的白色並不能讓人習慣黑夜已經來臨。

褒姒的眼睛透過飛舞的雪花，看到了身披紅色斗篷、滿頭銀絲的軌風。他靜靜地站在雪地裡，如同雪地裡燃燒的火焰。

軌風站在那裡，聲音不冷不熱地道：「歡迎公主回到帝都。」

褒姒傲然道：「我想，這裡不是本公主應該來的地方，軌風大人也不是我第一個應該見到的人。」

軌風道：「是的，這裡是軍部，並不是皇宮，我也不是陛下或是皇后。」

褒姒道：「那軌風大人可知挾持公主是犯了什麼樣的罪嗎？」

軌風依然不冷不熱地道：「我知道，但目前，這裡是公主最應該待的地方。」

兩人相隔足有五丈之距，大片大片的雪花在兩人視線之間輕盈地舞動著，使兩人各自看到的對方顯得有些支離破碎。

褒姒沒有說話，一進帝都她就察覺到了異樣。不管從德昌看到自己時的反應，還是守城將士眼中所透露出的敵視目光，她早已察覺到了這一點。但她想知道到底發生了什麼事，還是義無反顧地坐上了馬車，並讓月戰、殘空也上了馬車。此時，軌風言語中所透露出的涵意，足以證明發生了不平常的事。

月戰、殘空也早已站在了褒姒的身側，他們的敏銳洞察能力並不比褒姒弱。

半晌，褒姒開口道：「軌風大人能給我一個理由嗎？」

軌風道：「陛下早有命令，若是公主回到帝都，立即拿下！」

「本公主不明白軌風大人的意思。」褒姒道。

「公主不用明白，我也不用明白，只須知道，這是皇命，皇命不可違！」軌風十分堅決地道。

褒姒一陣冷笑，道：「本公主只是怕，有人在假傳父皇之命，有何圖謀不軌之心。」

軌風道：「公主有此想法，我也無法作過多的解釋，我只知依命辦事。」

褒姒道：「我要見父皇。」

「陛下說過，公主沒有必要見他，陛下也不會見公主。」軌風道。

褒姒用盡各種方法，竟然不能從軌風口中得到任何有用的資訊，西羅帝國到底發生了什麼事？褒姒心中惴惴不安。還有哥哥，他會不會有事？不，她必須弄清楚這離開的兩個月中發生了什麼重大的事情！

褒姒鎮定了一下自己的心神，道：「軌風大人想怎麼樣？」

「依照皇命，將公主收入軍部大牢。」

「依照慣例，皇族中人應收入天牢，什麼時候改為軍部大牢？」褒姒輕慢地道。

「此事非比尋常，再說這是皇命。」

褒姒輕笑一聲，道：「又是皇命。本公主只是擔心，以軌風大人的能力沒有辦法將本公主收入軍部大牢，反而會誤了自己的性命。」

軌風道：「我勸公主最好不要有任何反抗之心，我不保證不會對公主造成傷害。」

褒姒大笑，道：「軌風大人未免太看得起自己了。」

笑聲中，無數地面的雪花飛了起來，與空中輕盈飄落的雪花相撞。

虛空頓時變得囂亂，漫天的雪花毫無章法地到處飛舞，天地之間變得混沌不清，而近在咫尺的人完全被紛亂的雪花所淹沒。

囂亂之中，軌風感到有股無形的力量在侵進自己的身體，欲對自己的思維進行影響。

軌風知道，那是褒姒公主以精神力驅使風雪欲擾亂自己的心神，發動精神力攻擊，他也早已知道，褒姒公主素以超強的精神力進攻著稱。而他更知道，褒姒公主的進攻只是一種擾亂策略，真正的攻擊並不是她，而是她身後的月戰與殘空，也只有月戰與殘空才是他最大的威脅。但不可否認，褒姒公主的精神力進攻容不得他有絲毫怠慢，只要被她找到絲毫破綻入侵心神，他所面對的結果唯有死亡。

囂亂的風雪在軌風身周打旋，不得近他之身，他已爲自己撐成了透明的防護結界。紅如烈焰的斗篷筆挺地沿著他修長的身形垂地，那長長的銀白頭髮披在斗篷外，襯托出他的冷靜與孤傲。

而在西羅帝國，軌風正是以冷靜、孤傲著稱，他從不屑於皇權貴族，但他又偏偏成爲掌握西羅帝國軍部的首臣，這不能不說是一個奇蹟。而褒姒之所以對軌風言語的無禮沒有絲毫怪罪之意，也是因爲早已瞭解其性格，就算是在安德烈三世面前，軌風也是一樣。

第廿八章　召風使者

軌風又何以如此自傲呢？因爲在西羅帝國，他從來沒有將一個人放在眼裡，他之所以成爲西羅帝國的軍部首臣，是西羅帝國唯一的皇子漓渚的推薦，而他上任之後，也從未讓任何人失望，有的只是別人的敬畏。西羅帝國之所以有幻魔大陸最大的疆域，是因爲在軌風領導下的軍部，從未嘗試過什麼叫做失敗。

所以，軌風選擇獨自一人面對褒姒、月戰、殘空，他有這種自信。

風雪彌漫。

彌漫的風雪之中，軌風撐起的結界被風雪所緊裹，形成一個大大的雪球，愈積愈厚。

褒姒的進攻終於開始了。

她的手伸了出去，無數閃亮的緞帶一樣的雪花在她手指間流動著，又似乎有形的風，一縷一縷地糾纏在一起，虛空中的雪花全部凝滯不動。

褒姒這是在利用自己的精神力捕捉住雪花中的精氣，以精氣凝煉成手指間流動的銀光緞帶，隨著緞帶的愈來愈長，突然，褒姒手中的白色緞帶飛速擴展開來，如同風一樣將那積厚的雪球纏繞，瞬間深入雪球之中，緊縛著軌風締造的結界。而且愈縛愈緊，彷彿是一條有著靈性的冰龍。

而軌風締結的透明結界一點點被緞帶所聚攏，相互之間的磨擦發出尖銳刺耳的響聲，如同閃電一般彌漫於周圍的空氣裡。

這是褒姒以無形的精神力化爲有形的「精神束縛法」，她知道軌風在西羅帝國沒有敵手的可怕，若以精神力強行入侵，並不能夠保證有效地控制住軌風的思維，但「精神束縛法」卻可以在外在控制軌風精神力的擴散，從而對他的精神力進行束縛，控制住他可能做出的任何反抗和攻擊，讓他有一種來自心底的無能爲力之感。但這種「精神束縛法」遠比對別人思維的入侵所要消耗的精神力要多，所以褒姒必須儘快將軌風制服，這也是她心中早已設定好的策略。

就在這時，月戰與殘空倏地從原地消失，他們手中之劍刺穿凝滯於空中的雪花，從兩個相反的方位沒入雪球當中。

兩柄劍接觸到了防護結界。

兩柄劍本來就彙聚著月戰、殘空兩人強大的精神力，兩人的精神力相較於褒姒並不太弱，軌風締造的結界如何承受得住三股強大精神力的同時攻擊？加之褒姒「精神束縛法」的影響，月戰與殘空的兩柄劍同時突破結界的限制，直削結界內的軌風。

軌風根本未想到褒姒竟然會採用「精神束縛法」束縛住結界，將他的思感完全局限於結界之內，他也並不知道褒姒會這種耗費精神力極高的「精神束縛法」。他的精神力完全受著壓抑，思維活動無法突破結界外，若是破除結界，自己的身體就會被褒姒的精神力束縛，任何行動都不會逃脫褒姒的判斷。

正當他尋找應對策略時，月戰和殘空的兩柄劍襲至，他所締結的結界自然無法承受三股強大的精神力，結界自然被刺破，破碎消失。

軌風沒有料到對褒姒攻擊的錯誤判斷，會導致這種局面，若是「精神束縛法」束縛住自己的身體，他根本就無法應對月戰、殘空的兩柄劍。

眼睜睜地看著兩柄劍就要刺穿他的身體，軌風突然感到褒姒的「精神束縛法」所帶來的壓力頓時消失，軌風臉上現出一絲詫異。

生機乍現！

軌風豈會錯失？紅如烈焰的斗篷陡然間鼓了起來，生起強勁的風，銀白的長髮向上飛揚。月戰與殘空猝不及防，情急之下，飛速後退。

兩人的身形就像斷了線的風箏一般倒飛起來，跌落十丈外的雪地上，不由得吐出了一口鮮血，內腑更是移了位。

軌風看也不看被擊倒在地的月戰與殘空，他的眼睛向前望去，看到的是褒姒站在原地，一動不動，而在她的身後，出現的是天衣一絲不苟的臉。在關鍵時刻，褒姒的「精神束縛法」之所以突然消失，原來是天衣的突然出現，並制住了褒姒。

軌風的臉上並沒有相應的感激之情，冷冷地道：「是你。」

天衣知道軌風並不喜歡自己的出手，他道：「我只是不希望有什麼差錯出現而已。」

天衣的表情同樣顯得冷漠。

褒姒、月戰、殘空對天衣此時此地的出現感到震驚不已，更對天衣出手相助軌風感到萬分不解，從言語中，天衣與軌風似乎已經十分熟稔。

褒姒終於忍不住，她無法轉過身去看天衣，只得開口道：「你爲什麼要這樣做？」

天衣道：「對不起，公主，我無法回答你這個問題，但只要你乖乖地與軌風大人合作，你將不會受到任何傷害。」

褒姒苦笑一聲，道：「天衣大人這是在向我保證麼？我只是想知道，西羅帝國究竟發生了什麼事？我的哥哥、父皇、母后有沒有事？」

天衣道：「我可以向你保證，他們都很好。」

褒姒道：「那你們爲什麼要對我這樣做？」

「公主剛才已經問了這個問題。」

「可是我很想知道。」褒姒大聲道。

天衣想了想，終於開口道：「因爲公主不應該回來。」

褒姒笑了，大聲地笑了，這實在是一個諷刺，這裡是自己的家，而別人給自己的原因竟然是不能回來，自己的家不能回來?!

褒姒道：「爲什麼?你到底是什麼身分?」

天衣沒有回答，他的眼神中飽含著很複雜的東西。

「他是魔族中人。」月戰的話突然響起，此時，他與殘空成犄角之勢，與軌風、天衣四面相向，四人各守著一個方位。

月戰的話讓天衣的心震動了一下，但他沒有言語，這是自他知道自己的身分後，第一次有人當著他的面提到這個身分，他感到了一種強烈的不適。

褒姒望向月戰，不敢相信地道：「你說什麼?他是魔族中人?」而在她眼前，浮現的是天衣在雲霓古國的天壇太廟與魔族奮力拚殺的場景，她怎麼都不敢相信，天衣會是魔族中人。

月戰犀利的眼神望向天衣，十分堅決地道：「是的，他是魔族中人，只有魔族中人才會不想讓人知道天壇太廟發生之事，所以朝陽下令將所有人族殺死，他不希望公主回家，是因爲不想讓陛下，讓西羅帝國，讓整個幻魔大陸知道事情的真相。而這才能夠解釋，天衣大人爲什麼會出現在西羅帝國的原因。」月戰的思維顯得很冷靜，因爲他心中一直對一路上沒有遇到多大阻礙而不解。天衣的出現，讓他很自然地想到了魔族。

褒姒無法回過頭來看天衣此刻的眼神，她收回了自己的目光，仍顯得無法相信地道：「天衣大人，這是真的嗎？你真的是魔族中人？」

天衣沒有否認，道：「是的，我的身分是魔族陰魔宗魔主安心的兒子，從小便被寄養在人族，所有人都以爲我是人族中人，連我自己都以爲我是，但我現在知道我是魔族中人。」

天衣的話語之中透露著長時間內心痛苦的掙扎，顯然，魔族的身分困擾了他很久。

天衣的話讓褒姒想起了一件可怕的事情，她的目光緩緩移向軌風。如果天衣是魔族中人，軌風與之合作，很顯然，軌風與魔族脫不了干係，身爲軍部首臣的軌風，若是魔族中人，那整個西羅帝國不就盡在魔族的掌握之中嗎？而父皇、母后，還有哥哥……

褒姒不敢再繼續想下去，她的眼中充滿了恐懼。

軌風自然看出褒姒眼中所含之意，他淡淡地道：「公主請放心，我並不是魔族中人。」

褒姒眼睛一亮，道：「那你身爲西羅帝國的軍部首臣，爲何要與魔族合作？」

軌風道：「我雖然不是魔族中人，但我從不認爲魔族與人族有什麼本質的區別，我知道自己在做什麼。」

褒姒實在猜不透，軌風何以會這樣做。

軌風望了一眼月戰與殘空，又道：「好了，今天的話就到此爲止，公主還是先行到軍部大牢裡休息吧。如果兩位不想公主有事的話，還是一起到軍部大牢坐坐。」

影子已經走了六天，擡頭望去，仍是茫茫的一片沙漠，沒有盡頭。

他沒有刻意地去尋一個方向，只是隨著雙腳在往前走著，臉上沒有絲毫厭煩、疲倦之態，只有一種自若的平靜。

於是，他就這樣又走了一天，到了第七天。

當他走過一座高高的沙丘，再往前望去時，還是茫茫沙漠一片，只是在前面，他看到了一個人的身影，和他一樣任由雙腳走動的人。

他向那人走了去，那人也向他走來。

於是，兩人相遇，他看到了那人是漠。

「你怎麼會在這裡？」影子問道。

漠道：「你認識我嗎？」

「是的，但我不能肯定現在是不是認識你。」影子看出了漠的異樣，因爲風沙讓他的衣衫變得破碎襤褸，臉上的表情不再是淡漠，而是茫然和尋找，是一種把人生當作一條路在走的人才有的表情和模樣。

漠道：「那你能告訴我，我叫什麼名字嗎？」

「漠，你叫漠。」

「漠？」漠若有所思地念著，半晌方道：「聽起來有點耳熟，那我就叫漠吧。」

「你似乎忘記了你自己？」影子疑惑地看著漠道。

漠道：「我不知道以前的自己，那你知道以前的自己嗎？」

無數往事在影子眼前飛過：是孤兒院不懂世事、天真的影子？是後來聞名世界的殺手？是雲霓古國的大皇子古斯特？是朝陽？是魔族的聖主？是影一心想讓自己恢復記憶的那個人？還是現在找不清自己路的影子？

影子搖了搖頭，他確實不知道以前的自己是什麼。

漠道：「原來你也不知道自己是什麼，看來我們是一樣的人。」

「我們是一樣的人？」影子望著漠重複著這樣一句話。片刻，兩人會心地笑了。

漠道：「你要到哪裡去？」

「我不知道，我只是想知道，沿著相反的方向走，會看到什麼。」影子接著道：「那你又要往哪裡去？」

漠望著影子道：「到我該去的地方去。」

影子道：「何處又是你該去的地方？」

「何處又是我該去的地方？」漠想了想道：「這是一個問題，我要好好地想一想。」

影子道：「既然你不知何處才是你該去的地方，不如我們就一起走吧，因爲我也不知道往何方去。」

漠看了看影子，先是有些愕然，接著便會意地笑了。

影子亦笑了。

影子與漠行到一處小集鎮，此時，天正好黑了下來，小集鎮上的燈漸漸點亮。

影子與漠尋到一個客棧，要了兩間房，住了進去。

深夜，月朗星稀。

影子正值夢中，卻被一陣琴聲所驚醒。

琴聲如行雲流水，在夜空中迴盪，有一種無法釋懷的深沈包含其中。

影子感到詫異，推開窗戶，飄身來到屋頂。

在屋頂，他看到了漠撐起下巴，凝神靜氣地傾聽著夜空中的琴聲，面現陶醉之態。

翌日天亮，兩人繼續著行程。

夜晚，兩人投宿一破舊廟宇神殿。深夜，兩人又被那琴聲所擾醒。

漠道：「她又來了。」

影子道：「睡吧，有琴聲伴著入眠是一個不錯的夜晚。」

第三晚，琴聲又將人擾醒。

漠道：「你覺得是不是擾人清夢？」

「我還以爲你很喜歡呢。」

「春天雖然很好，但不能一年四季都是春天。」

影子道：「那你想怎麼樣？」

「也許她有著什麼樣的故事。」

「這好像不是你應該說的話。」

「我是一個不善於記住過去的人，我已經不太記得前兩天聽得琴聲的心理感受，但我今晚卻感到了裡面有著很深沈的東西，她在呼喚我們，讓我們過去，我不希望讓一個彈出這麼美妙琴聲的人失望。」

這時，夜空中傳來的琴聲停了下來，兩人的話也戛然而止，讓兩人感到了一種不習慣。

影子這時想起漠先前所說的話，道：「你剛才想去見她真正的理由是什麼？」

「我只是想知道她是不是一個美女，要是一個美女，我們可不能錯過。」

「如果美女送上門來呢？」

漠不好意思地道：「我想，那可能是因爲我長得太帥的原因。」

「是嗎？不知這位帥哥到底長得有多帥。」一個女人嬌媚的聲音傳進了兩人的耳朵。

兩人本是躺在一座光禿石頭山上一塊平整寬大的石頭上，看著頭頂上的星空，女人的聲音讓漠忙坐了起來，朝聲音傳來的方向望去。

般。

此時，一個身著白衣衫的女子手攜一張琴，從更高的山頂飄然而下，彷彿自天上來一般。

漠驚呼道：「哇，仙女耶！」

女子在兩人身旁的另一塊石頭上落定，透過月光，可以看到她有一張傾國傾城般漂亮的臉，絕不亞於月魔、法詩藺，或是褒姒，更重要的是，這樣一張傾國傾城的臉，在月光暗夜裡，仍給人一種陽光般燦爛的感覺。漠知道，這是這個女人的神髓。

不同於漠的沈醉，影子冷靜地道：「姑娘跟了我們三四天，不知有什麼事？」

女子有些詫異影子的直接，道：「我是來為你們指路的。明天，翻過這座山，往西，你們會看到一條大道，沿著這條大道走，可以到達西羅帝國聖城阿斯腓亞。在阿斯腓亞，褒姒公主需要你們的幫助。」

影子道：「難道褒姒公主出了意外？」

女子道：「是的，是因為她幫了你，所以發生了事。」

影子想了想道：「看來我真的要沿著你指的這條路走下去了，但你為何要告訴我這些？」

女子道：「是有人讓我告訴你的。」

「誰？」

「她不讓我告訴你。」

影子道：「好吧，既然她不想讓我知道，那我也沒有必要再問，我所感興趣的是，你又叫什麼名字？」

「泫澈。」

十天之後，西羅帝國帝都阿斯腓亞。

影子與漠沒有穿上禦寒的風衣，出現在了阿斯腓亞的大街上。

大街積雪很厚，連綿著整個帝都，給人無窮無盡的感覺。

阿斯腓亞之所以稱爲聖城，除了是因爲雪所帶來的聖潔之外，還因爲信仰。

相傳，幻魔大陸的第一個王者是由這裡誕生的，他帶領人族成爲幻魔大陸最強盛的族類，所以，每年都有來自幻魔大陸各地的人族不遠千里到此朝拜他們的第一位王者。

而影子與漠所到來的時候，正是這位王者的誕生之日，因此大街之上十分熱鬧，人們向著與西羅帝國皇宮所在之山並排的另一座山巔攀去，因爲山上有供奉這位王者的聖殿。

影子與漠站在大街上，與這些穿著臃腫的朝聖者相比，顯得異常另類。在聖城臣民看來，只有貧窮如乞丐才是影子與漠這等單薄的裝束。

在聖城這樣一個地方，兩個如乞丐一樣的人的出現，自是引起了那些心懷信仰、樂善好施者的注意。

「可憐的孩子，這麼冷的天，連衣服都沒有穿，這點錢就給你們去買點衣物吧。」一位老大媽滿懷可憐同情之態，往兩人腳下丟了一枚帝國銀幣。

漠與影子看著腳下的銀幣，相互對視一眼，不知該說什麼好。

而兩人的表情被看成是對樂善好施者的感激，更激起了後面那些朝聖者的同情和愛心的比拼，銀幣金幣絡繹不絕地在兩人面前堆積。直到有人感覺到兩名乞丐所擁有的錢比自己擁有的財富還要多的時候，那些樂善好施的人才停止了這種舉動。而此時，兩人面前所擁有的金幣和銀幣比一年來阿斯腓亞所下的積雪還要厚。

影子與漠面面相覷，他們沒想到這裡的人民竟是如此熱情，而兩人身上也確實沒有錢。

影子道：「我們該怎麼辦？」

漠想也不想，蹲下身子，將這些金幣銀幣一枚一枚地撿起，並道：「我當然不會辜負阿斯腓亞人民的熱情和愛心。」

影子道：「說得也是。」

最後，兩人對「愛心」的統計結果是：金幣一千零一，銀幣三千零三。

於是，兩人在阿斯腓亞最大的客棧要了兩間最好的上房，要了最好的酒菜，並買了昂貴的皮毛風衣，頃刻間變成了最富庶的人。

兩人酒足飯飽，披著皮毛風衣，站在房間的窗前，望著帝都的雪景，不無感慨地道：「這得多謝阿斯腓亞人民的熱情和愛心啊！」

而此時，他們身上又是空空如也。

第二天，天剛亮，兩人尚在睡夢中，卻有敲門聲將影子與漠驚醒。

來者說，有一位故人相請。

影子道：「在這裡，我可沒有什麼認識的故人。」

來者道：「是不是故人，見面便知曉。」

影子道：「但爲什麼是我見他，而不是他來見我？」

來者毫不避諱地道：「因爲你來這裡是想見褒姒公主。」

影子的眼睛開始仔細打量著這個人，這人有一雙漂亮得可以洞察人心的眼睛，有一頭銀白的長髮垂至腰際，眉毛向上揚起，臉型有著冰雪一般的冷毅，而且是一個女人。這讓影子一下子想起了歌盈，但與歌盈不同的是，她漂亮的眼睛除了有極強的洞察力之外，沒有歌盈那從歲月沈澱下來的很深的東西，更沒有飽含著的恨意。她性格與褒姒有些相似，但比褒姒更爲單純，也更爲冷傲，雖然她的衣著很是普通，影子怎麼也看不出她僅僅是一個傳話的。

影子道：「你知道我是來找褒姒公主的？」

來者道：「我還知道你叫影子，而他叫做漠。」她的眼睛輕瞄了一下漠。

影子道：「你知道的倒還挺多。」

來者道：「因爲我該知道。」聲音冷酷到了極致。

影子輕輕一笑，他想知道她到底有多冷，於是道：「我喜歡你這句話，就像我喜歡你長長的銀白色頭髮一樣。」

來者給了影子一個耳光，道：「我最討厭輕薄之人！」

影子摸著被打的臉頰，笑意不改，道：「這也叫做輕薄麼？那這樣呢？」他的手一下子摟過來人的腰，讓她的嬌軀緊貼著自己的身體，大嘴迎上來人的雙唇，狠狠地親吻著。

來人一驚，猛力推開影子，呼吸急促，胸口起伏不停。她本以爲自己會大發雷霆，將影子殺掉，但奇怪的是被影子吻過後竟有種暢快淋漓之感，有一種不捨的回味。

她不能理解爲什麼會這樣，心中感受紛繁複雜。但她知道不應該這樣，這有違禮數，更不是高傲的她所應該有的一種表現，於是，她又給了影子一個耳光，轉頭就走。

剛走出幾步，卻又停下，轉頭對著影子道：「要想知道褒姒公主的事，速速跟我來！」

說完，急匆匆地邁開步伐。

漠在背後看著來人離去的身影，道：「看來她的心被你征服了。」

影子道：「我只是想讓她知道，不是面對每一個人都可以表現她的高傲的。」

說完這句，影子突然感到，原來他是在報復。每一個在他生命中出現的女人都是如此高傲，面對她們的高傲，他無法適從。而眼前這個女人的高傲，顯然是弱小的，他是在欺負弱小。

第廿九章　製造幻象

影子與漠孤獨地站在空曠的大殿中央，大殿四壁雕刻著傳說中「神」的神像，威武莊嚴。

這是那個高傲女子帶他們所來的地方，是聖殿的後殿。那女子只讓他們在這裡等，說完，便逕自離去了。

前殿，隱約傳來頌經禱告之聲，開始刮起的風雪，讓聲音有一種從遙遠的另一個世界傳來的錯覺。

而他們所在的地方，顯得有些封閉和孤立，彷彿是遠離塵世之中，卻又與塵世相接得很近，但是，讓人感到只要往前再邁進一步，就又可以到達另一個世界。

影子沿著神殿，一個一個看著那些神像，而漠卻呆呆地望著大殿外一朵一朵飄落的雪花，眼睛一動不動。

已經有一段時間，漠沒有如此專注地看一樣東西了。

影子在靠大殿右邊的最後一座神像前停住了，因爲他看到的是自己，或者是朝陽。

他閉上了眼睛，重新睜開，看到的卻是空白，神龕上留著一個空位，剛才只是一種錯覺。

這時，有腳步聲傳來。

影子回頭望去，而漠則依然仰望著天空中飄落的雪花。

影子看到，一個步履蹣跚的老婦人由剛才領他們來此的女子攙扶著向他們走來。

影子知道這女子引他見的定是這老婦人，但他並不認識這老婦人，這女子何言「故人」？他仔細向這老婦人看去，只見這老婦人目光渙散，雞皮鶴髮，已是行將入木之人，但卻又令讓人感到敬畏，從她渙散的眼神之中，已是將天下一切融入其中，深悉天下萬事之秘。

老婦人在影子面前站定，渙散的目光聚起，望向影子的臉。

影子感到自己有種無從遁逃之感。

那攙扶著老婦人的女子則不敢面對影子。

老婦人張開嘴，聲音嘶啞地道：「你剛才已經看到了。」

「看到什麼？」

「看到你自己。」老婦人道。

影子鎮定了一下，道：「你是說，你用精神力製造的幻像？」

「但那也是真實的，我只是讓它提前出現了而已。一年之後，你就會像這裡所有幻魔大陸曾經的王者一樣，站在這裡。」

影子道：「但也有可能不是我，而是他。」

「你說的是朝陽？是的，也有可能是他。但你來了，我這話是對你說的。」老婦人道。

影子道：「你認爲我會成爲幻魔大陸未來的王者？」

老婦人道：「不，我並不看好你，但我希望你是。」

「爲什麼？」

「你不具備一個王者所應有的氣質，而朝陽卻充滿睥睨天下的霸氣，一個王者的霸氣，你總在思考著自己，思考著這個世界。但我希望你是，因爲褒姒選擇了你。」老婦人道。

「我不懂你的意思。」

「褒姒的選擇也是我的選擇，所以我希望未來的王者是你。」

影子忽有所悟地道：「你是褒姒公主的師父，你是天下?!」他感到意外。

老婦人道：「在你看來天下應該是一個男的，只有男人才對權道、對道世的興衰之秘感興趣？」

影子道：「我並不是這個意思，只是與我心中的預想不符而已。」

天下道：「是與不是都沒有關係，你現在終於知道天下是一個什麼樣的人。天下之人都以爲天下是一個男的，而我又偏偏是一個行將就木的女人。世事多是喜歡沿人們臆猜相反的方向發展，其中規律，自有天定。」

影子道：「你也認爲萬事皆有天定，天意不可違？」

天下道：「不是不可違，而是不能違。否則，這個世界存在、運轉的秩序就會被打亂，誰也不知又會出現一種怎樣的局面。」

影子輕笑，道：「我還以爲被稱爲幻魔大陸三大奇人之一的天下有何驚人之處，原來其見識也只是等同於一般凡夫俗子。」

攙扶住天下的女子聞聽影子此言，立時斥道：「你敢輕視天下師父，小心我取你性命！」

影子對這女子笑了笑，這女子想起客棧之事，臉上不禁緋紅，高傲之態變成了羞澀之情。

影子轉而望向天下，道：「耳聞天下只收有一徒，便是西羅帝國的褒姒公主，卻不知這位姑娘又是何人？」

天下道：「她是褒姒之妹，姬雪公主。」

影子道：「原來是姬雪公主，失禮之處，還望見諒。」

姬雪冷哼一聲，將臉別向一邊。

天下接著道：「姬雪公主只是替褒姒公主照顧我而已，我身體已是不能自行照顧。」

不知爲什麼，影子對這個老婦人沒有什麼好感，如果說是因爲剛才她所說的話，影子又覺得不是。只是心裡有一個聲音對他說：「要與她保持距離。」而他又不知道爲什麼要保持距離。

影子道：「既然老人家身體不是很好，找我來不知所爲何事？而且，我聽姬雪公主說，她要領我見的是一位故人，故人指的又是何人？」他的模樣顯得極爲客氣。

天下歎息一聲，道：「也許你並不認識我，但我們確實已是故人。」

影子道：「是的，這個世界很多人都說認識我，而我卻沒有一個認識。原本，對這種事我已沒有興趣去深究，但對於天下，我卻有興趣知道曾經的故事。」

天下的眼睛顯得有些深遠，眼神中有著異樣的東西在顫動著，是悔恨？是愧疚？是長時間無法釋懷的內心深處的折磨？

天下什麼都沒有說，她的眼光很快收了回來，調整了一下心態，道：「我今天不想說這些，但終有一天，我會告訴你的。我今天想說的是，褒姒需要你去救她，她是個可憐的孩子，她從小受的苦已經夠多了，需要一個人給她關心。」

影子道：「你是她師父，難道你不能給她所要的關心麼？還有她的父皇、母后，以及整個西羅帝國。」

天下淡淡地，卻又無比堅決地道：「現在只有你可以幫助她！」

「笑話，自己的親人不能幫助她，卻對一個外人求幫助，你叫我怎麼相信你？」影子毫不給天下留情面。

天下毫無半絲惱怒，道：「因爲現在的西羅帝國已經不再是以前的西羅帝國，我也不再是以前的天下，我的生命之燈即將燃盡。」

影子道：「這我看得出來。我只是不解，何以現在的西羅帝國不再是以前的西羅帝國？難道現在在朝的不是褒姒公主的父皇與母后麼？」

天下道：「是。」

「那又是爲何？」

天下望了一眼攙扶著她的姬雪公主，道：「姬雪公主先行退下吧，有些事情你還是不知道爲好。」

姬雪不明白有什麼話是自己不能夠知道的，她道：「難道天下師父要告訴他的不是軍部首席大臣將姐姐關在大牢之事嗎？這事姬雪早已聽天下師父提到過。」

天下滿懷慈愛地道：「是的，但又並非完全如此，有些事公主知道了反而不好。」

姬雪本想再堅持，但聽天下語氣中的堅決之情，只好道：「好吧，那姬雪先行退下。不過，要是有人敢欺負天下師父，姬雪決不會放過他！」說完，傲然地看了影子一眼，轉身離去。

天下望著姬雪離去的身影，道：「這孩子喜歡上了你，但她可知這種喜歡是沒有結果的？」語氣中滿含歎息、無辜之意。

影子冷笑道：「你又怎知是沒有結果的？說不定哪一天我會迎娶姬雪公主爲妻也未可知。」

天下回頭望著影子，道：「你真的以爲自己可以戰勝宿命麼？」

影子道：「這得看究竟什麼才是宿命。」

天下無奈地道：「好了，我知道無論說什麼你都聽不進去，我也不想成爲一個囉嗦饒舌的老女人。」

接著，天下道：「褒姒現被關在軍部大牢，她剛到阿斯腓亞便被軍部首席大臣軌風抓了起來，雲霓古國禁軍頭領天衣出現在其中，是他幫軌風抓住褒姒他們的……」

「慢著！」影子打斷天下的話，道：「你是說天衣？天衣怎麼會來西羅帝國相助軌風？」影子實在不明白其中有著什麼樣的原委。

天下道：「天衣早在褒姒回阿斯腓亞前五天便到了聖城，他晉見了安德烈三世陛下，並向陛下說明了朝陽便是大皇子，是聖魔大帝的轉世之身。而且，他還帶回了一位假的褒姒公主，並說，雲霓古國北方邊界的怒哈與三皇子莫西多勾結，雖然叛國篡位被及時制止，莫西多被除去，但怒哈野心不改，兵臨城下。並且，怒哈已與北方妖人部落聯盟相勾結，爲了圖謀整個幻魔大陸，借雲霓古國皇城被封鎖之機，派人假冒褒姒公主，以褒姒公主之身分左右西羅帝國。大皇子知道這個消息後，特派他突破三十萬大軍的封鎖來向陛下告知這個消息，並帶回褒姒公主，以防西羅帝國被怒哈所矇騙。天衣的話得到了軌風的確認，因爲軌風說，近期與妖人部落聯盟相接攘的邊界軍隊調動十分頻繁，並且確實得到了可靠的消息，怒哈與妖人部落聯盟有勾結，並已兵臨雲霓古國皇城。陛下一直很信任軌風，軌風如此之言，無疑已經證實天衣所說之話，加上西羅帝國一直與妖人部落聯盟磨擦不斷，並且無法辨別褒姒是假的，所以陛下相信了天衣之言，並下令，若是再有稱是褒姒公主者，立即抓住，由軍部直接處置，無須上報。」

聽天下之言，影子已然明白，天衣已被朝陽收為己用，但據他所瞭解的天衣，無論如何是不會為魔族效力的，他無法想到天衣本是安心之子，但既然這已成為一個不可更改的事實，是什麼原因，已經顯得不重要了。

影子望向天下道：「既然你已知天衣所帶來的褒姒是假冒的，那又為何不向安德烈三世說明？還有，你又是如何區別孰真孰假的？這一點，沒有誰比親生父母更瞭解自己的兒女。」

天下道：「我無法用眼睛分辨孰真孰假，也沒有見過兩個褒姒。」

影子冷笑道：「這個回答倒是出乎我的意料之外，但我相信你會有更好的解釋。」

天下沒有在意影子的嘲諷之言，淡然道：「天下成名於世，在於深悉皇家世道興衰之秘。所得出的結論，只是對人類所用權術陰謀伎倆的辨斷，去冗去雜，看到最為本質的東西。說穿了，所有的權術陰謀伎倆之爭，與小孩子辦家家酒沒有什麼區別，只是看它的眼睛蒙上了色彩，加上了自以為聰明的判斷，最後，使自己眩暈而已。」

影子不得不佩服天下擁有最為本真的心，而更多的人從出生到經歷世事之後，其本真的心被蒙上了一層汙塵，使之無法看清世事的本質，在權術陰謀伎倆之前感到眩暈，往往被其左右。影子亦認識到天下畢竟是天下，能洞悉常人絕難企及的東西。他道：「那你又何以不向安德烈三世說明真相呢？」

天下道：「能夠說得清的便不叫真相了。何況，我已是世外之人，早在千年前便已決定不再理世事，這次，只是放不下褒姒這可憐的孩子，才約你相見。我在聖殿的這些年，除了褒姒、姬雪及月戰，已是沒有第四個人知曉，我亦不想再涉足世事。」

影子感到天下的話裡有能夠打動人心的東西，一個將刀放棄多年，卻又不得不重新拿起的人，是一種何等的痛苦？

影子道：「你找我來便是要我幫你救出褒姒公主麼？這一點不用你說，我也會這樣做。褒姒公主之所以受困，很大一部分原因是因為救出了我，我想，他們真正要對付的人只是我！」

天下道：「這我知道，今天約你至此，是因為有幾件事情要提醒你。在你剛到聖城的時候，他們已經知道你的到來了，但他們什麼都沒有做……褒姒有一個哥哥，叫漓渚，從出生到現在被一種奇怪的病所纏身，至今未癒。在某種程度上講，褒姒是未來西羅帝國的君王。軌風是因為漓渚的推薦才成為西羅帝國的軍部首席大臣，而軌風卻與天衣走在一起。還有褒姒是漓渚最疼愛的妹妹。我所說的這些，相信會對你有用，這也是我找你來的目的。」

「漓渚？」影子的口中輕輕地念著，他的腦海中想像著這是怎樣的一個人。

影子道：「你能夠告訴我漓渚在什麼地方嗎？我要見他。」

天下道：「你最好先不要去見他。」

「爲什麼？」

天下道：「因爲他是一個病人。」

「病人？」對影子來說，這顯然不是一個很好的理由。

天下看著影子，知道無法阻止影子去見漓渚，於是道：「他在皇宮最底層的玄武冰岩層，他的病只有在那裡才能得到控制。但你去的時候要小心，自他一出生，便擁有這個世上最爲玄奇的靈力，在他所在的空間裡，他可以做任何他想做的事，無論你有多麼高深的精神力和功力修爲。當然，這是當他的病發作之時。」

影子嘴角泛起一絲輕笑，道：「如此說來，我倒是更要去認識這樣一個人了。」說完望向漠，此時的漠仍是站在原地，目不轉睛地望著從天上飄落的雪花，面現沈思狀。

影子向漠走去，輕拍漠的肩膀。

漠沒有任何反應。

影子道：「我們該走了。」

漠回過頭來，彷彿自己的心丟失了一般，茫然道：「去哪兒？」

「去我們該去的地方。」

「何處又是我們該去的地方？」

影子道：「你的病又犯了。」

漠道：「雪花紛下大地，它們總有個歸處，而人的歸處又在哪兒？我在想，爲什麼雪花知道自己的最終歸宿是大地，而人卻不知道自己該去往何方？是什麼樣的力量讓雪花紛紛落地的？雪花又是來自何方？是不是通過雪花有另一個世界？人又可不可以到雪花所來的世界？」

影子沒有等待漠再說下去便讓漠閉上了眼睛，拉著他，不由分說地向殿外走去。

背後，姬雪走了出來，悵然若失地望著影子遠去的背影。

直至影子與漠的背影消失在風雪中，她才回過頭來。

當她看到天下的臉時，驚訝地道：「咦，天下師父的臉色怎麼這般難看？是不是身體不舒服……」

第卅章　真假褒姒

影子與漠往城北的方向走去，在城北的盡頭，是西羅帝國的軍部總府。

影子與漠這時要見的是軍部首席大臣軌風，還有大牢中的褒姒。

影子已經見了漓渚，一個重病纏身之人，見了天下所說的假冒的褒姒，剩下的他就是要見軌風與被關在大牢裡的褒姒了。

兩人一路閒聊著，不知不覺到了軍部總府。

「什麼人？」一名侍衛喝止住兩人。

影子直言不諱地道：「就說是褒姒公主的兩位朋友，想見軌風大人。」

侍衛警惕性地看了兩人一眼，道：「你們稍等，我進去稟報大人。」

很快，進去通報的侍衛出來了，道：「大人有請。」

影子與漠來到一間大廳，廳中央燃燒著一堆火，而軌風穿著一襲鮮紅的斗篷正在火堆旁烤著一隻乳豬。

四溢的香氣彌漫了整個大廳。

「真香！」漠忍不住誇道。

「兩位來了，請坐吧。」軌風的頭並未擡起。

影子看到火堆旁有兩個空位，顯然是爲他與漠準備的，也不客氣，走過去坐下。

漠也跟著在另一個空位上坐了下來。

影子道：「軌風大人似乎知道我們要來？」

軌風往烤著的乳豬上加了一些佐料，道：「從你們雙腳踏入阿斯腓亞的那一刻起，我便在等你們。」

軌風是一個極度高傲之人，也只有真正擁有實力的人才會擁有這種高傲。

所以影子也不拐彎抹角：「軌風大人可知道，我們來此是爲了什麼？」

「爲了褒姒公主。」軌風伸手作出請的姿勢，然後便坐於酒席之間道。

「那軌風大人是否認爲我們應該來？」

軌風將烤著的乳豬拿到鼻前嗅了嗅，道：「兩位是否要吃一點？」

他沒有回答影子的話。

漠欣喜地道：「當然，我還從來沒有聞到過這麼香的東西。」

「你聞到過的，只是你不記得而已。」軌風變得冷冷地道，語氣顯得極爲不友善，隨即拿出一把刀切下肉來。

漠道：「是嗎？可惜我已經不記得了。」

軌風邊切著肉放在盤子上，邊道：「這肉是一位朋友教我烤的，那位朋友說，有一位故人很喜歡吃他烤的乳豬肉。」

漠道：「我想你朋友的這位故人一定是一位幸福的人，因爲有人爲他烤肉。」

軌風道：「但那位朋友說，他烤的乳豬肉已經好長時間沒有人吃了，他感到很寂寞。」

「對於有一位能夠欣賞自己烤肉的人來說，這也是一種幸福。」影子說道。

漠贊同道：「是啊，我們是不會讓軌風大人感到自己烤出的肉有浪費之嫌的。」

軌風將切好的兩盤肉遞給兩人，然後道：「但就算是同樣的人，心情不好，烤起來是一種浪費，吃起來也是一種浪費。」

漠吃了一塊乳豬肉，香滑可口，油而不膩，稱讚道：「果然與聞起來一樣的香，我想，沒有人會認爲這樣的好東西是一種浪費。」

軌風自己吃了一塊，剛嚼了兩下，便又吐了出來，道：「在我看來，這樣的肉味如同嚼蠟。」

「如果你覺得不好吃，那就全都留給我吧，這樣的東西是不能夠浪費的，浪費了就再也找不回來了。」漠邊吃邊道。

「既然找不回來，索性就全部扔掉。」說話之中，軌風閃電般從影子與漠手中奪過切好的乳豬肉，加上剩下的一塊扔進烈火中。

火堆中立時發出劈叭的油炸之聲，不一會兒，便又發出難聞的焦臭味。

漠失落地望著火堆中漸漸變成黑炭的烤乳豬，搖了搖頭，歎息道：「可惜了，真是可惜了，這麼好的東西就這樣浪費了。」

軌風道：「這就是它的價値，因爲它不再合人的胃口，便失去了它的價値。就像人一樣，如果他忘記了自己的價値，那他便沒有存在的必要。」他的眼睛冷冷地望著漠。

漠毫不在意軌風的眼神，卻對軌風的話大感興趣，擺開一付長談的架式，道：「那人的價値到底是什麼呢？怎樣才能不忘記自己的價値？一隻小豬活著的時候價値是什麼？牠死了還記得自己的價値麼？牠變成了烤乳豬是否意味著牠已經失去了存在的價値？我特別想知道這些事情，麻煩軌風大人告訴我答案。」

軌風冷笑一聲，道：「乳豬已經沒有了，何來價値？人已經忘記了，又談何價値？剩下的只有毀滅。」

軌風的話說完，一團旋風圍著漠在轉動，旋風之中又有一道道的小風刃貼著漠的身體掠過。

軌風已經利用了他所懂得的上古魔咒對漠召喚出了風，並化作風刃，只要漠動彈一下，風刃便會割破他的皮膚。

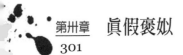

漠仍然顯得毫不在乎，開口道：「如果人從出生就一直在等待死亡的到來，那豈非等同於等待毀滅？如此一來，人的一生豈不是不存在任何價值？那麼，人又爲什麼要來到這個世上呢？」

軌風冷聲道：「你的問題太多了，難道你不怕自己頃刻間便被毀滅掉麼？」

漠笑了笑，沒有出聲。

軌風道：「你笑什麼？」

漠仍只是笑了笑。

軌風厲聲道：「你到底在笑什麼？回答我！」一道風刃劃破了漠的臉，他有種強烈地被漠玩弄於手掌心的感覺，儘管他隨時可以毀滅漠。

漠平靜而悠然地道：「我只是在回答軌風大人的問題，軌風大人不是問我怕不怕頃刻間被毀滅麼？我只是以笑來作回答。看來我與軌風大人並不適合作深入的交流。」

軌風道：「我從來就沒有打算與你作任何交流，我只是想讓你知道，你隨時都可以被我毀滅掉！」

漠道：「可軌風大人爲什麼一定要告訴我這一點呢？想殺一個人還一定要讓人知道麼？看來軌風大人並不想殺我。」

軌風毫不諱言，道：「是的，我並不想殺你，但並不代表我不會殺你。人往往是一種受感情支配的動物。」

漠道：「但你爲什麼要殺我呢？軌風大人能夠給我一個理由嗎？」

軌風道：「因爲有一個人對我說，他烤的乳豬再也沒有人吃了，他感到很寂寞，而我不想看到他寂寞難受的樣子，所以我要殺了你。」

漠道：「你那位朋友是誰？」

「你現在不配知道他的名字，因爲你已經不再是昔日叱吒風雲的黑魔宗魔主漠！」軌風一字一頓地道。

漠歎息道：「看來你那位朋友是個可憐的人，如果殺了我可以讓他好受些，那你就殺了我吧。」

漠閉上了眼睛，等待著軌風的動手。

軌風狠狠地望著漠，眼中殺意不斷加劇。

那團圍繞著漠轉動的旋風愈轉愈快，有形的風刃貼著軌風的身體和面頰掠過。

軌風的左手伸出，拇指扣住了無名指，他已經做出攻擊的起手式，只要他的殺念一動，那些風刃便會如鋒利的刀般穿透漠的身體。

一直只顧烤火的影子這時微微抬起了眼，望向軌風。他淡淡地道：「軌風大人在做任何決定之前，最好三思而行，否則對自己是沒有好處的。」

軌風將目光緩緩移向影子，傲然道：「你相信自己有足夠的能力阻止我對他的擊殺麼？」

影子望向軌風，卻淡淡地道：「那你就不妨試試。」

軌風嘴角浮出一絲輕笑，道：「我知道你，也多次聽天衣提到過你。我喜歡驕傲的人，因為驕傲的人喜歡創造奇蹟，我等待著你創造出奇蹟。」

話音剛完，軌風的瞳孔陡然收縮，深邃的眼神彷彿穿越層層時空，顯得異常幽深。

殺念驟起，正欲以魔咒召喚風發出殺的指令，突然，軌風感到自己所在的空間急劇收縮，剛剛驟起的殺念彷彿被一股強悍得無以形容的力量逼回體內，魔咒所發出的指令立時土崩瓦解，所有的力量散入四肢百骸各處，精神出現瞬間真空般的空白。

魔咒本是由強大的精神力作為基礎，才能夠驅動，軌風精神力的瓦解，頓使圍繞在漠周身由魔咒控制的旋風消失不見。

漠睜開了眼睛，卻看到豆大的汗珠從軌風像白紙一般蒼白的臉上滑落，瞳孔顯出沒有自我意志的茫然。

漠又望向影子，此刻影子正若無其事地伸手烤著火，彷彿剛才發生的事情根本與他無關。

漠又望了望自己，不無感慨地道：「看來這個世界只有力量才可以決定一切。」

這時，軌風的神志剛剛有些恢復，影子強大的攻擊完全超越他所想像的範疇。在影子面前，他感到自己所擁有的力量連螻蟻都不如。

他針對漠只是想試探一下影子的真正實力，卻不料自己在影子面前連還手的機會都沒有，這比軌風所知的影子的實力不知要強大多少倍。

軌風試著運功舒氣，卻發現身體有著極度透支後的虛脫感。影子不但摧毀了他的進攻，且徹底地擊潰了他的功力和意志，這是何等霸道的攻擊！

而軌風不知，如今流在影子體內的冰藍色血液是不同於人、神、魔各族類的，是高貴的象徵，是屬於月的兒女、月魔一族的，這注定容不得任何人對它的不敬。

而這也是影子得到月魔予他的冰藍色血液和從月能池獲得月的巨大能量之後潛移默化的改變，讓影子具有高貴的不可侵犯的氣質。

但更重要的是，如今的影子所具有的實力，除月的能量外，還有被開啓的天脈能量。他完全可以通過軌風以精神力驅動魔咒對周圍空氣的影響，捕捉到勁風思維聚起的殺念，並以強大的精神力摧毀它。

軌風定了定神，蒼白如紙的臉色漸漸好轉。面對一個比自己強大不知多少倍的對手來說，唯一可以做的便是將他放在心裡最重要的位置，儘管軌風是一個十分驕傲之人。

軌風望向影子，道：「你想怎樣？」

影子輕淡地道：「軌風大人不是已經知道我們來此的目的是要見褒姒公主麼？只是軌風大人有意把話題扯得遠了，連自己說過的話都忘了。」

軌風當然知道影子與漠的到來是要見褒姒，但他不認為僅僅是「見」這麼簡單，特別是此刻他所認識的影子，讓他拿不定該不該讓他們去見褒姒，如果影子要將褒姒帶走，相信沒有人能夠阻止。

於是軌風道：「陛下有命，不准任何人探視公主，所以……」

「軌風大人以為說這樣的話有用麼？」影子打斷了軌風的話：「我只是想見見褒姒公主而已，一個人總是要見見朋友的。」接著，他又道：「你放心，我今天只是見見而已，要想救她，我想可能不會是今天。」

軌風道：「你真的只是想見見她？」

影子沒有回答，站了起來，反問道：「軌風大人看我的樣子像在說謊嗎？」

是的，軌風明白，一個驕傲的人是不會輕易說謊的。

軌風點了點頭。

當影子與漠離開軍部大牢的時候，他們明顯地看出大牢裡的不是影子所認識的褒姒，儘管兩人的相貌長得一模一樣。這與影子事先的預料有極大的出入。

在來之前，影子認為，他一定會見到一個讓他無法區別出真假的褒姒，就像當初他自己與朝陽一樣。

這讓影子感到不解，難道是天下在騙他？但天下又爲什麼將真的說成假的，而將假的又說成真的呢？

這個問題，影子本該到聖殿去向天下問清楚，但影子沒有打算去，他也不想見到那個深悉世道及皇家興衰之秘，擅於玩弄權術陰謀之人。

不知爲何，影子總是對天下沒有什麼好感，儘管如天下自己所說，「她是一個行將入土之人」，她的樣子也確實說明，她行將入土。

影子從不認爲，一個快要死的人說假話是一件可以原諒的事情。

影子走出了軌風將軍府，禦寒的風衣將他的身子緊裹著，雖然廊道上的人來來去去，但他好像完全獨立於自己的世界裡。身邊的人彷彿是來自另一個世界，他一直都在冷眼旁觀著。

自從他發現有人在設定他命運的方向時，他的感覺慢慢地脫離了他所看到的這個世界。而他走入長街之時，是因爲他突然感到另一個世界的「聲音」在對他呼喚。

他的雙腳走著，精神力卻無限延伸，帶他穿過茫茫雪原，看到一棵櫻花樹下的女人。女人有一張美豔得讓人窒息的臉，是月魔！是的，雖然影子沒有用眼睛，但他確實看到了。

月魔正朝影子的方向望來，臉上有一種急切的企盼。

影子心中一陣狂跳，他的腳大步跨了出去，突然彷彿突破了空間的限制，出現在了茫茫雪原之上。

刺骨的寒風迎面吹來，風鼓起影子身上的風衣向上揚起。

月魔就站在了影子的面前。

月魔伸出冰冷的手，撫摸了一下影子的臉，道：「你還在等什麼？」

影子疑惑地道：「我不明白你的意思。」

月魔道：「你知道的，你應該知道的。使命決定一切，我在等你，等你來將我救出去，我在這裡好冷，到處都是冰雪，沒有陽光。」

影子不解地道：「我們現在不是已經見面了嗎？你要我如何救你出去？這裡又是什麼地方？」

月魔憂傷地道：「你不要管這裡是什麼地方，你只有突破界限的限制才能夠將我救出去。你我現在處在兩個不同的空間，我這是以精神力製造的夢境讓我們能夠相見。」

影子道：「可我如何能夠將你救出去？」

月魔道：「你唯有成爲幻魔大陸最強者，才能夠有機會接觸到空間的界限，才能夠到我現在所在的空間。」

影子道：「可你怎麼會到另一個空間去的？」

月魔道：「我是被劫持來的，我所擁有的能量不足以突破界限的設置，我的體內流著的是你的鮮血，唯有靠多日積蓄的精神力製造的夢境才能夠與你聯繫，而現在，支撐夢境的精神力已經不多了。」

影子忽然想起了一件事，道：「你不是說過月能池能夠讓人忘記過去麼？爲何你還記得我？」

月魔道：「是的，月能池是讓我忘記了曾經的一切，包括月魔一族，但有個人擁有的能量可以改變一切，他又讓我記起了有關月魔一族的一切，並……」

第卅一章 圍攻帝都

月魔的聲音漸漸弱了下去，本來清晰的形貌這時也開始變得模糊。

影子忙道：「他是誰？他爲什麼要幫你記起忘記的一切？」

影子的話還沒有問完，月魔的身影便像霧氣一般在眼前消散，緊接著，眼前的雪景也漸漸變得虛無，直至消失……

「月魔。」影子大叫一聲，伸出手想抓住些什麼，可他抓住的竟是漠胸前的衣襟。

而漠正睜大著眼睛看著他。

影子忙鬆開抓住漠胸前衣襟的手，細細回想著剛才月魔所說的話。

看來，要想弄清所有一切謎底，將月魔救出，首先要做的是成爲幻魔大陸的最強者，而要成爲最強者，就必須掃除一切企圖阻止他的人，包括另一個自己——朝陽！

漠又看了看影子，影子的眼睛充滿毅然之色，一動不動，漠自語般道：「看來他又睡著了。」

雲霓古國帝都。

朝陽一個人坐在冷清的大殿上，斜靠著椅子，微閉著眼睛。

世界是如此之大，而他只有自己一個人。

早上，傳來驚天與安心的消息說，他們所率領的軍隊已經將怒哈趕回了北方邊界，正在北方邊界交界的地方整裝以待。

二個月的時間不到，驚天與安心便收服了所有的失地。

一切皆如千年前一樣，銳不可擋，所向披靡。

上次，帝都圍攻之戰，由於一個神秘人物的突然出現，將怒哈、顏卿從驚天與安心的聯手攻擊中救走，所以才讓他們苟且活了下來，一路退守到了北方邊界。

事後，朝陽便知道了這個神秘人物是誰。一個讓他絕不敢有半點輕心的千年宿敵——樓夜雨。一千年前，樓夜雨被自己擊得元神俱滅，但千年後卻再次出現。朝陽不知道原因，但可以肯定的卻是這個神秘人物一定是樓夜雨，一個比千年前更強大的樓夜雨。

朝陽此時是在等一個人，或者說，這些天來他一直都在等一個人。他知道她已經出現了，但他不知道她什麼時候會來，他知道自己會一直等下去。

等待是容易讓一個人失去耐心的，但既然選擇了這種方式，對於朝陽來說，剩下的只有信任自己。所以他決定親自去找那個人！

舊。

這是朝陽所熟悉的山中小湖，湖水深藍，月光灑在湖面上泛著銀光。湖中間的那座小亭依

朝陽踏水來到了湖中小亭，亭中已經有了一人。

是歌盈，朝陽這些天一直在等的正是歌盈。

歌盈側著頭，如瀑的長髮垂到了湖裡面，還有那顆閃著紫霞光彩的紫晶之心在她胸前擺動著。

朝陽無法看到歌盈的臉，但透過湖面月光的反射，他看到了一種自己所熟悉的寂寞印在了湖面上。

是的，這個世界的人總是讓自己很寂寞。

朝陽站在歌盈的身後，道：「這一千年來你可好？」

歌盈沒有回答，對著湖面自己的倒影道：「我還以爲是我去見你，卻不料你倒先來了，看來一千年的時光讓你不再習慣等待。」

朝陽道：「我等的時間已經夠長的了，所以不再讓自己去等任何人。」

歌盈道：「因爲你知道，你所擁有的時間並不多，等待只是在消耗自己的生命。」

「但對我來說，一年的時間已經足夠了。」朝陽顯然已經知道他的存在只有一年，但他對此似乎並不在乎。

想。

「因爲你知道，你擁有了幻魔大陸，便擁有了自己的生命。」歌盈似乎看透了朝陽心中所

朝陽並不否認，道：「只要我有了足夠戰勝他的力量，我的生命將永遠不會消亡！」卻不知他口中的「他」指的又是誰。

「可千年前你已經失敗了一次，你連自己都沒有戰勝。」歌盈的語氣充滿了不屑。

請續看《幻影騎士》卷四

戰神之路 卷3 天脈傳說 （原名：幻影騎士）

作者：龍人
發行人：陳曉林
出版所：風雲時代出版股份有限公司
地址：105台北市民生東路五段178號7樓之3
風雲書網：http://www.eastbooks.com.tw
官方部落格：http://eastbooks.pixnet.net/blog
Facebook：http://www.facebook.com/h7560949
信箱：h7560949@ms15.hinet.net
郵撥帳號：12043291
服務專線：(02)27560949
傳真專線：(02)27653799
執行主編：劉宇青
美術編輯：許惠芳

法律顧問：永然法律事務所 李永然律師
北辰著作權事務所 蕭雄淋律師

版權授權：蔡雷平
初版日期：2014年4月
初版二刷：2014年4月20日
ISBN ：978-986-5803-97-1

總 經 銷：成信文化事業股份有限公司
地　　址：新北市新店區中正路四維巷二弄2號4樓
電　　話：(02)2219-2080

行政院新聞局局版台業字第3595號 營利事業統一編號22759935

定價：280元　特價：199元

國家圖書館出版品預行編目資料

戰神之路 ／ 龍人著. -- 初版-- 臺北市：風雲時代，
2014.03 -- 冊；公分

ISBN 978-986-5803-97-1（第3冊；平裝）

857.7　　103001635